AF142226

Yuuri Eda

Eternal YESTERDAY

ROMAN

Aus dem Japanischen von Jan Lukas Kuhn

HAYABUSA

Inhalt

Kapitel 1

Alles lag voller Schnee. Die Welt war in Weiß getaucht.

Koichi ging wie immer links von mir. Um seinen stärkeren Arm im Notfall in meiner Nähe zu haben, erklärte er. Er wollte mich beschützen, falls von irgendwoher ein Baseball angeflogen oder ein Fahrrad herangerast käme.

Was für ein Blödsinn. Heutzutage würden selbst Mädchen das Weite suchen, wenn man ihnen so etwas erzählen würde. Bisher waren weder ein Baseball noch ein Fahrrad in meine Richtung geschossen. Stattdessen war es Koichi selbst, der mich umrempelte, um nicht in das Häufchen einer Streunerkatze zu treten. Oder der mir im Sommer in die Arme gesprungen war, weil er beim Anblick toter Zikaden einen Schreck bekam. Koichi war wesentlich größer als ich, daher tat so ein Tackle aus dem Nichts ziemlich weh.

Einmal hatte ich ihn darauf hingewiesen, dass *er* die allergrößte Gefahr für mich war, aber er hatte sich nur mit einem Lachen entschuldigt und war weiter links von mir gelaufen. Ich hatte keine Lust auf Diskussionen, also ließ ich ihn machen.

Jeden Morgen gingen wir den gleichen Weg zu unserer Oberschule. Das Haupttor wurde nicht vor halb acht geöffnet, und da Koichis Basketball-Club schon früher mit dem Training begann, nahmen wir immer den Nebeneingang. Ich war zwar in keinem Club und hatte daher kein Training, trotzdem begleitete ich Koichi. Mir machte es nichts aus, früh aufzustehen. Im Gegenteil, die wenigen Menschen und die Stille empfand ich als angenehm.

Unsere Schule befand sich in einer ruhigen Gegend am Rande Tokyos, und unser »Geheimweg« zum Seitentor der Schule war besonders idyllisch: Zu unserer Rechten erstreckte sich die Schulmauer, links befanden sich fast ausschließlich Felder.

Anfangs hatte mich der Anblick überrascht. Ich lebte in einem Industriegebiet einige Bahnstationen entfernt und in meinem ersten Jahr an der Oberschule hatte ich keine Ahnung gehabt, welche Gemüsesorten auf den kleinen Feldern das Jahr über angebaut wurden. Dass ich in meinem zweiten Jahr einen Rettich anhand seiner Blätter erkennen konnte, hatte ich Koichi zu verdanken.

Die Felder waren von einer Schneeschicht bedeckt, die hauptsächlich von gestern Abend stammte. Im Augenblick schneite es nur leicht. Ich mochte die weiß bedeckte Landschaft sehr, aber nach dem für heute angekündigten Regen würde von dem Schnee sicher nichts mehr übrig bleiben.

Eine schmale, viel befahrene Straße führte an den Feldern

vorbei — es handelte sich um eine Abkürzung zur Hauptstraße — und hin und wieder wurde es gefährlich, wenn zwei Autos aneinander vorbeifahren wollten. Denn obwohl der Gehweg von Leitplanken geschützt war, sah man ihnen an, dass Autos sie öfter gestreift hatten. Sie waren eingedellt und verbogen und erschwerten einem das Vorbeilaufen. Wenn ein Strommast uns den Weg versperrte, gingen Koichi und ich im Gänsemarsch hintereinander her. Und danach wieder Seite an Seite — Koichi wie immer links von mir.

Wegen des Schnees waren an diesem Morgen kaum Autos unterwegs. Ein vorbeifahrender LKW wirbelte ab und zu meine Haare auf und kalte Schneeflocken fielen auf meine Stirn. Wir hatten unsere Regenschirme nicht aufgemacht. Auf dem schmalen Weg hätte einer für uns beide gereicht, aber bei Schnee waren sie ohnehin überflüssig.

Ich trug einen Dufflecoat und hatte die Kapuze übergezogen, Koichi hatte eine Strickmütze auf. Von der Kapuze seines langen Daunenmantels machte er so gut wie nie Gebrauch. Mit dem eingeengten Sichtfeld könne er nicht so gut auf mich aufpassen, war seine Argument.

Er hatte recht: Mit übergezogener Kapuze sah man tatsächlich schlechter. Obwohl man nach vorne freie Sicht hatte, war man nach links und rechts eingeschränkt, und man hörte nicht gut, weil die Ohren bedeckt waren. Trotzdem reichte mein Gehör aus, um das laute Geräusch wahrzunehmen.

Es passierte viel zu schnell. Ich drehte mich in die Richtung, aus der es kam, aber konnte rein gar nichts ausrichten. Ich stand bloß wie angewurzelt da, während Koichi durch die Luft flog und zu Boden fiel. Ich sah, wie ein LKW über den

Gehweg schlitterte, den Rückwärtsgang einlegte und auf die Straße zurückfuhr. In meinen Ohren hallte das Quietschen seiner Bremsen und das Krachen, mit dem der Laster die Leitplanke gestreift und Koichi angefahren hatte, noch nach. Dabei war es längst still.

Das Fahrzeug kam zum Stehen und Koichi lag reglos da.

Es schneite immer noch. Die Welt war in Weiß getaucht.

Einzig die rechte Hand in meiner Manteltasche war warm – wegen des Taschenwärmers, den mir Koichi erst vorhin gegeben hatte.

»Mitsu, wenn ich so kalte Hände wie du hätte, würde ich Handschuhe tragen«, hatte er lachend gesagt und mir den Wärmer überreicht.

Ich heiße Mitsuru Ohmi. Koichi ist der Einzige, der mich Mitsu nennt. Früher hatten andere Mitschüler den Spitznamen aus Spaß verwendet, aber aufgegeben, nachdem ich sie drei Tage lang ignoriert hatte. Ich konnte es nicht leiden, wenn andere sich mir aufdrängten, war schon immer ungesellig und zufrieden damit. Deswegen würde ich daran wohl auch in Zukunft nichts ändern.

Man konnte mir noch so oft sagen, dass ein Lachen mich sympathischer machen würde oder dass es schade um mein hübsches Gesicht sei. Ich würde lachen, gäbe es Anlass dazu. Aber wieso sollte ich es tun, wenn nichts lustig genug war?

Als ich den Mädchen in meiner Klasse diese Frage gestellt hatte, war ihre Antwort ein Augenrollen gewesen. Sie hatten gesagt, ich solle nicht so ernst sein, mein Verhalten sei überhaupt nicht süß. Koichi hatte mitgehört und sich diesen Moment ausgesucht, um in das Gespräch hineinzugrätschen.

»Wieso? Mitsu ist doch total süß.«

Das war sein voller Ernst gewesen.

»Letztens im Sportunterricht wär er beim Laufen fast über seine eigenen Füße gefallen. Das war so niedlich, dass es mir die Sprache verschlagen hat. Hätt ich mein Handy dabeigehabt, hätte ich ein Foto gemacht.«

Die Mädchen hatten uns noch schräger angeschaut, und ich hatte Koichi einen Tritt verpasst, aber da ich von meinem Stuhl aus kickte, spürte er kaum etwas davon und lachte bloß.

Laufen ist die Hölle, wenn man so unsportlich ist wie ich. Ich geb dir gleich niedlich! Lass den Quatsch!, ging es mir durch den Kopf.

Jetzt gerade konnte ich meine Beine gar nicht bewegen. Es dauerte lange, bis ich es schaffte, einen Fuß vor den anderen zu setzen. Der Schnee knirschte unter meinem Sneaker, als ich zu Koichi trat. Er war zur Seite geschleudert worden und rührte sich nicht.

»Koichi?«, rief ich, blickte von oben herab auf ihn, wie er im Schnee lag, und wiederholte seinen Namen.

Verkehrsunfälle hatte ich bis dahin nur im Fernsehen gesehen.

Ich nahm ihm seine Strickmütze ab. Sein Schädel blutete, der Schnee färbte sich langsam rot. Die Form seines Kopfes hatte sich verändert – an einer Stelle war er eingedellt.

»Koi...«

Als ich seinen Namen ein weiteres Mal rufen wollte, sah ich, dass Blut aus seiner Nase lief.

Ich musste einen Krankenwagen rufen.

Aber ich hatte kein Handy dabei. Es war mir vor Kurzem ins Wasser gefallen und ich hatte nicht viele Freunde, für die ich es benötigte. Koichi sah ich sowieso täglich.

»Sag doch was ... Koichi ...«

Es fühlte sich nicht echt an. War das alles nur ein Traum? Womöglich lag ich noch in meinem Bett und war in einem erschreckend echt wirkenden Traum gefangen.

Nein. Ich kannte die Wahrheit längst.

Immer wenn ich mir wünschte, ich hätte etwas bloß geträumt, war es Realität.

Jemand näherte sich uns. Die Person rannte hastig und geriet auf dem Schnee ins Rutschen – vermutlich der Fahrer des LKWs. Ich schaffte es nicht, ihn anzusehen, sondern schaute wie versteinert auf Koichi hinab.

»Ein Kra... Ein Kranken...«

Die Stimme des Fahrers war schrill. *Krankenwagen*, wollte er sagen. Er klopfte seinen Körper auf der Suche nach seinem Handy ab.

Ich kniete mich hin. Koichis heftiges Nasenbluten war für mich kaum zu ertragen. Ich wollte es abwischen, obwohl ich wusste, dass es wichtiger gewesen wäre, erste Hilfe zu leisten. Aber wenn ich das Blut von Koichis Gesicht entfernte, würde er aussehen wie immer. Das war das Einzige, woran ich denken konnte.

Kurz bevor ich Koichi unter seiner Nase berührte, geschah es.

Er blinzelte. Reflexartig zog ich meine Hand weg.

Nicht nur das. Im Nu hatte er sich aufgesetzt. Und zwar mit einem Ruck, der keine Verletzung vermuten ließ. Ich hörte, wie ein Handy in den Schnee fiel. Der Fahrer musste es vor Schreck fallen gelassen haben.

»Mi...«

Koichi schaffte nur diese eine Silbe, bevor er in ein heftiges Husten ausbrach. Blut musste in seine Luftröhre geraten sein, als er versuchte, mich zu rufen.

Hastig rieb ich ihm über den Rücken.

Vor einigen Tagen hatte Koichi sich in der Mittagspause beim Teetrinken verschluckt. Sein Husten hatte genauso geklungen. Aber Tee war nicht rot wie das Blut, das jetzt auf seine blaue Daunenjacke tropfte und zahlreiche Flecken darauf hinterließ.

»Öchö... Öchö... Hff...«

Nach seinem Hustenanfall atmete Koichi auf. Er hob sein Kinn an und stieß einen Seufzer aus, ohne dabei aufzustehen. Fast so, als hätte er gerade eine Sportübung gemacht.

»Oh. Mitsu, du hast dich verletzt«, sagte Koichi, nachdem er sich zu mir gedreht hatte.

»Was?«

»Du hast Blut im Gesicht ... Warte, kann es sein, dass das gerade aus meinem Mund gekommen ist?«

»Ja.«

»Ich hab Blut gespuckt?«

»Ja ...«

Ich nickte. Koichi hatte sich wohl so stark den Kopf gestoßen, dass er den Unfall noch nicht verarbeitet hatte.

»Mein Kopf fühlt sich nass an ... Das ist ja Blut. An meinem Kopf ist auch Blut, Mitsu.«

Ja, das ist Blut. Sollte dich das nicht ein wenig mehr überraschen?

»Oh nein. Ich bekomm Angst, wenn ich Blut sehe ... Der Schnee ist auch ganz schmutzig.«

Er drehte sich im Kreis und verwischte eilig mit den Händen den von seinem Blut gefärbten Schnee.

Als er sich die Hände grob an seiner Jacke abwischte, stellte ich ihm die Frage, die ich mich die ganze Zeit nicht getraut hatte, auszusprechen: »Hast du keine Schmerzen?«

Das Blut lief ihm vom Kopf auf den Hals hinab. Sein Nasenbluten schien jedoch aufgehört zu haben.

»Was? Ah, ich bin hingefallen, oder?«

Wie muss man bitte fallen, dass man danach Blut spuckt?

»Nein. Du wurdest von einem LKW erwischt. Da ist der Fahrer.«

Bei diesen Worten sah ich mich zum ersten Mal nach dem Fahrer um. Es war ein mittelalter Mann, der geistesabwesend dastand und kein Wort herausbekam. Statt sein Handy vom Boden aufzuheben, starrte er Koichi mit weit aufgerissenen Augen an.

»Welcher LKW?«

Koichi entdeckte das Fahrzeug, das die Leitplanke geschrammt hatte, und erfasste die Lage mit einem Nicken und einem »Oh«.

»Jetzt seh ich's auch.«

»Wie kannst du so locker sein? Du bist Opfer eines Verkehrsunfalls.«

»Du siehst auch nicht gestresster aus als sonst.«

»Ich bin so erschrocken, ich hab keine Ahnung, wie ich mich fühlen soll.«

»Ein Lächeln würde dir stehen, wenn du mich fragst.«

»Denk nach, bevor du redest. Glaubst du, mir ist gerade nach Lachen zumute? Halt erst mal still. Wir rufen jetzt einen Krankenwagen.«

Ich schaute zum Fahrer, während ich sprach. Er hob hastig sein Handy auf. Seine Hände zitterten.

Koichi sagte bloß: »Schon gut, alles okay. Ich brauch keinen Krankenwagen.«

»Was redest du für dummes Zeug?«

»Du übertreibst, Mitsu. Ich hab letztens erst im Fernsehen gesehen, dass zu viele Leute wegen einer Kleinigkeit einen Krankenwagen rufen und es deswegen Probleme gebe.«

»Von einer Kleinigkeit bekommt man ja wohl kaum eine Delle im Kopf.«

»Aber mir tut überhaupt nichts weh. Das wär mir unangenehm, so fit wie ich bin. Den Krankenwagen heb ich mir auf für wenn ich ein Opa bin und an einem Mochi ersticke.«

»Lass das. Du sollst dich nicht bewegen.«

»Und hepp!«

Koichi ignorierte meinen Versuch, ihn aufzuhalten und stand langsam auf. Ich staunte – und der Fahrer sicher noch mehr. Er hielt sein Handy fest in der Hand und trat mit einem erschrockenen Japsen ein paar Schritte zurück.

Ich hielt mich bereit, um Koichi zu stützen, falls er stolpern sollte.

An dieser Stelle sollte ich vielleicht erwähnen, dass er 1,80 Meter groß und Mitglied des Basketballclubs war. Während ich unterdurchschnittlich groß war und die Zeit außerhalb der Schule in meinem Zimmer verbrachte, statt einen Sportclub zu besuchen. Wenn er ohnmächtig würde und zusammenbräche, bestünde die realistische Gefahr, dass er mich dabei mitriss. Was für eine Ironie, wenn ich bei meinem Rettungsversuch vom Verletzten zerquetscht würde und mir am Ende selbst eine Verletzung zuzöge.

Zum Glück bewahrheitete sich meine Sorge nicht.

Koichis muskulöser Körper – auf den ich mit meiner schmächtigen Statur neidisch war –, bewegte sich sicher. Sein Hals war rot vom Blut und sein Gesicht ziemlich bleich, aber sein sanfter, ahnungsloser Gesichtsausdruck blieb unverändert. Anämie war für diesen Kerl wohl ein Fremdwort.

Nanu?

Irgendetwas stimmte da doch nicht.

Koichis Körper war verdreht. Oder eher: Seine Schultern waren nicht dort, wo sie bei einem menschlichen Körper sein sollten.

»Oh. Irgendwas ist komisch ...«

Er schien es selbst bemerkt zu haben. Er schaute nach unten, um sich seinen Körper genauer anzusehen und fragte: »Mitsu, sieht meine Schulter merkwürdig aus?«

»Äh, na ja ...«

Nicht die Schulter war das Problem, sondern sein Hals. Oder der Kopf? Jedenfalls waren sein Hals und Kopf 90 Grad zur Seite gedreht. Etwas, wozu Menschen physisch nicht in der Lage sein sollten. Dreht man den Kopf, zum Beispiel wenn man von jemandem gerufen wird, bewegen sich die Schultern automatisch mit. Das kann man leicht überprüfen, indem man versucht, nur den Kopf zur Seite zu bewegen. Allerhöchstens lässt er sich etwas nach links oder rechts neigen.

Koichis jetziger Zustand missachtete dieses Grundprinzip des menschlichen Körpers.

»Mit meinem Kopf stimmt was nicht.«

»Ja, allerdings.«

Ich konnte ihm nicht widersprechen. Wäre es Sommer gewesen und Koichi hätte nur sein langärmeliges Sporthemd getragen, hätte ich die unnatürliche Verdrehung seiner Halswirbelsäule noch schneller erkannt.

»Hä? Ich bekomm ihn nicht zurückgedreht. Was ist das bloß ... Dann eben mit Gewalt ... Und zack!«

Ein lautes Knacken ertönte.

Koichi hielt seinen Kopf mit beiden Händen fest und

drehte ihn mit Gewalt in seine ursprüngliche Position zurück.

Rumms.

Der Fahrer war umgekippt. Er hatte das Bewusstsein verloren.

Am liebsten hätte ich ihn wissen lassen, wie gut ich ihn verstehen konnte. Beim Anblick von Koichis waghalsigem Einrenkungsversuch wich nämlich auch mir die Farbe aus dem Gesicht.

Vielleicht war das alles doch ein Traum? Ich kniff mir in den Handrücken, um mich zu vergewissern. Meine Haut war zwar etwas taub von der Kälte, aber das Zwicken spürte ich deutlich. Eventuell war das die Art Traum, in der man seine Sinne behält.

Ich atmete tief ein, um mich zu beruhigen, und schaute mir Koichi noch einmal an. Dabei fiel mir noch etwas auf.

»Koichi ... dein Fuß.«

Im Stehen zeigten seine Sneaker in die jeweils entgegengesetzte Richtung. Die Zehenspitzen seines rechten Fußes und seine linke Ferse zeigten beide nach vorne.

»Was ist denn jetzt? Ah, ich kann nicht gehen!«

Das wunderte mich überhaupt nicht. Seine beiden Füße wollten in die jeweils entgegensetzte Richtung laufen und hätten ihn vermutlich im schlimmsten Fall zwischen den Beinen auseinandergerissen.

»Sieht aus, als wäre dein Knie- oder dein Hüftgelenk verdreht.«

Das war die einzige logische Erklärung. Ich gab mein Bestes, um meinen kritischen Verstand nicht komplett auszuschalten, aber mein Gehirn weigerte sich, darüber nachzudenken, dass es ihm hätte unmöglich sein sollen, mit so einer Verletzung aufrecht zu stehen. Also ignorierte ich das Kernproblem und versuchte, mich stattdessen um die Symptome zu kümmern.

»Wow! Ganz der Arztsohn. Ja, meine Knie fühlen sich komisch an.«

Koichi berührte die Stelle kurz, bevor er sich wieder mit seinem Hintern voran in den Schnee fallen ließ. Dann streckte er mir sein linkes Bein entgegen. Sein Fuß war nach hinten verdreht, sodass die Ferse nach vorne zeigte. Der Anblick war mehr als befremdlich.

»Mitsu, dreh ihn wieder zurück.«

»Ich?«

»Ja, ich komm nicht ran.«

Ich hatte mir Mühe gegeben, präsent zu bleiben, doch jetzt war ich kurz davor, den Verstand zu verlieren. Ich ging in die Hocke. Wenn er seinen Kopf ohne Probleme einrenken konnte, sollte das mit seinem Bein eigentlich auch klappen ... Mit diesem Gedanken im Kopf griff ich mit einer Hand sein Schienbein und mit der anderen sein Fußgelenk. Er hatte wirklich lange Beine.

»Dir tut auch echt nichts weh?«

»Nee, gar nicht. Dreh ihn mit einem Ruck zurück.«

Bei einem Traum wäre das der perfekte Moment gewesen, um aufzuwachen. Wenn ich seinen Fuß in die richtige Richtung drehte, würde ich dann in meinem Bett aufwachen? Ich bezweifelte es. Dafür war all das zu realistisch. Der Geruch seines Blutes, wie fest sich sein Sneaker in meiner Hand anfühlte, meine Knie, die im Schnee zitterten.

Ich konnte das nicht, selbst wenn es ihm nicht weh tat. Allerdings waren die Funken von Vernunft, die hin und wieder in meinem Kopf auftauchten, fehl am Platz. Die Situation hatte sich ohnehin längst dem gesunden Menschenverstand entzogen. Vermutlich stand ich unter Schock und hatte deswegen Mühe, das, was vor mir geschah, zu verstehen. Alles, was ich wollte, war, Koichi wieder in Ordnung zu bringen. Und seine Beine ließen sich zumindest äußerlich wieder in ihren vorherigen Zustand zurückversetzen.

Ich tat, wie er es verlangt hatte, und drehte seinen Unterschenkel um 180 Grad.

Beim Drehen spürte ich kaum Widerstand von seinen Gelenken, dann war sein Fuß wieder normal. Augenscheinlich zumindest. Aus einem Traum war ich natürlich nicht aufgewacht. *Hey, ihr Kniebänder, ich habe gerade etwas mit euch getan, was man nicht tun sollte. Wo ist eure Reaktion?*

»Danke. Sieht doch gut aus.«

Koichi stand mühelos auf und tippte wiederholt mit seiner Schuhspitze auf den Schnee. Wie ein Grundschüler, der ein neues Paar Sportschuhe zum ersten Mal trägt. Dann grinste er. Er machte das gleiche Gesicht wie immer, mit dem Unterschied, dass es nun viel blasser war.

Ich musste langsam der Wirklichkeit ins Auge sehen: Das war kein Traum. Was hier geschah, war real, und ich musste diese Tatsache akzeptieren, so absurd sie auch sein mochte, so sehr sie jedweder Logik und Vernunft entbehrte.

»Koichi.«

»Wir müssen dem Mann helfen. Der braucht wirklich einen Krankenwagen.«

»Nein, warte. Lass das. Er hat vermutlich nur das Bewusstsein verloren. Es wird ihm schon nichts passiert sein. Wir müssen etwas anderes besprechen. Komm her.«

»Okay.«

Er kam meiner Aufforderung sichtlich erfreut nach. Als

ich die Delle an seiner Schläfe aus nächster Nähe sah, wurde mir anders. Ich schaute mich nach seiner Mütze um, wurde sofort fündig und als ich sie ihm überziehen wollte, beugte er sich vor und hielt still, um mir die Arbeit zu erleichtern. Wie ein Hund, der sich anleinen lässt, damit endlich sein geliebter Spaziergang beginnen kann.

Sein Kopf war rot vom Blut der Wunde und frostig kalt. Mit den Fingerspitzen tastete ich mehrere Stellen ab, fand aber nicht, wonach ich suchte.

»Das kitzelt, Mitsu!«, sagte Koichi und zuckte zusammen.

Wo war er? Wo? *Sein Herzschlag muss doch irgendwo sein!*

»Und dir tut wirklich nichts weh?«

»Nein, alles Bestens. Aber so eine Delle im Kopf sieht blöd aus. Ich lass nachher einen Arzt drüberschauen, nur zur Sicherheit. Am liebsten im Krankenhaus von deinem Vater. Moment, ich hab meine Versicherungskarte vergessen. Ohne werden sie mich wohl nicht untersuchen, oder?«

»Ich halte es für keine gute Idee, ins Krankenhaus zu gehen.«

»Warum?«

»Wenn ich mit meiner Vermutung richtig liege, würde das ein riesiges Chaos nach sich ziehen. Dein Name würde heute Abend auf den Titelseiten aller Zeitschriften und in den Nachrichten auftauchen. Dein Fall würde nicht nur Japan, sondern die ganze Welt erschüttern.«

»Das ist mir jetzt zu hoch.«

»Hör mir zu, Koichi. Schmerzen dienen ursprünglich dazu, uns vor lebensbedrohlichen Verletzungen zu warnen. Dank unseres Schmerzempfindens können wir uns schützen. In

äußerst seltenen Fällen soll es Menschen geben, die von Geburt an schmerzunempfindlich sind und mit großer Vorsicht
leben müssen. Sonst kann es nämlich passieren, dass sie sich
schwer verletzen, ohne dass sie es mitbekommen.«

»Mhm?«

»Es mag sich im ersten Moment toll anhören, keine
Schmerzen zu spüren, aber tatsächlich ist das Gegenteil der
Fall. Wir können nicht ohne Schmerzen leben.«

»Jetzt noch einmal für Idioten. Du weißt doch, dass ich
nicht so ein geistiger Überflieger bin wie du.«

Wie du willst.

Dann sage ich es eben noch mal in ganz einfachen Worten.

»Koichi. Ich glaube, du bist ... tot.«

»Ich verstehe nur Bahnhof«, sagte unser Klassensprecher mit
verschränkten Armen und gerunzelter Stirn.

Dieses Amt hatte er schon seit dem ersten Jahr der Ober-
stufe, weshalb »Klassensprecher« quasi sein Name war.
Unser Klassenlehrer nannte ihn so und seine Mitschüler
sowieso. Er trug eine Brille mit schwarzem Rand, was sein
Image noch unterstrich. Er war die passendste Person für die
Aufgabe, und vermutlich würde man ihn selbst nach seinem
Abschluss noch so nennen.

»Also noch mal: Koichi wurde von einem LKW erwischt.
Sein Rückenmark wurde am Hals durchtrennt und er starb
auf der Stelle.«

»Deine Scherze sind mir eine Nummer zu hoch.«

»Da war kein Scherz.«

»Hast recht, das würde nicht zu dir passen. Du bist eher
der coole Typ, trotz deines niedlichen Gesichts. Koichi, Mitsuru meinte gerade du seist gestorben. Hast du nichts dazu

zu sagen?« Der Klassensprecher schaute sich Koichi an und ergänzte: »Blass siehst du allerdings schon aus.«

Wir befanden uns im Krankenzimmer. Es war noch früh. Wir hatten den bewusstlosen Fahrer zurückgelassen und waren zur Schule geflüchtet. Niemand sollte uns auf dem Feldweg gesehen haben.

»Ich habe nicht gesagt, dass er gestorben ist, sondern dass sein Herz stillsteht.«

»Aber heißt das nicht, dass er tot ist?«

»Nein, dann würde er sich weder bewegen noch reden.«

Ich hielt meine Worte ja selbst für widersprüchlich, aber mir blieb nichts anderes übrig, als an ihnen festzuhalten. Fakt war: Koichis Herz hatte aufgehört zu schlagen, trotzdem wirkte er lebendig.

»Ich hab mir den Kopf gestoßen. Siehst du die Delle?«

Koichi nahm seine Strickmütze ab und zeigte dem Klassensprecher sorglos die eingebeulte Stelle an seinem Schädel. Dessen Blick wurde zusehends ernster. Als ich ihn vorhin gebeten hatte, Koichis Herzschlag zu prüfen, hatte er bloß mit einem halbherzigen, ungläubigen Lächeln reagiert. Die Delle machte offenbar größeren Eindruck.

»Ich werde da wirklich nicht schlau draus. Allerdings ist niemandem geholfen, wenn du ihn ins Krankenhaus bringst.«

»Wo sollen wir denn sonst hingehen?«, fragte ich.

Da entgegnete der Klassensprecher: »Deiner Familie gehört doch eine Klinik.«

»Stimmt. Mein Vater ist Arzt. Und dazu noch ein cleverer Unternehmer, der verrückt nach Geld und Ruhm ist. Er weiß, wie man die Medien für seine Zwecke benutzt. Denen fällt sicher eine passende Schlagzeile ein: *Ein lebender Toter! Das Wunder des Oberschülers Koichi Yamada.* Dafür, dass du Klassensprecher bist, hast du aber wenig Probleme damit, deinen Mitschüler der Öffentlichkeit zum Fraß vorzuwerfen!«

»So was kann man doch nicht geheim halten! Ich meine, angenommen, dass Koichi wirklich eine Leiche ist.«

»Doch, natürlich kann man das verheimlichen. Koichi sieht völlig normal aus.«

»Aber was ist mit dem Fahrer, der den Unfall verursacht hat? Der hat sicher schon eine Meldung bei der Polizei aufgegeben.«

»Gut möglich. Wir haben ihn liegen gelassen, also können wir es nicht wissen. Wenn er ein anständiger Mensch ist, wird er zur Polizei gegangen sein – aber sie werden nirgendwo ein Opfer finden.«

»Und was ist mit den Blutspuren?«

Ich blickte aus dem Fenster und entgegnete dem Klassensprecher auf seinen berechtigten Einwurf mit einem knappen: »Es hat angefangen zu regnen.«

Der Regen würde den Schnee sofort zum Schmelzen bringen und die Spuren verwischen. Selbst wenn dann noch Blutreste zu finden wären, könnte man sie niemandem zuordnen. Inwieweit der Fahrer deswegen belangt werden würde, spielte für uns keine Rolle.

»Nanu? Meine Hose ist gerissen. Nass ist sie auch ...«, murmelte Koichi, als er sich auf einen Stuhl fallen ließ. Ich hielt ihn sofort dazu an, wieder aufzustehen und bat den Klassensprecher, die Blutlache aufzuwischen, die sich auf der Sitzfläche gebildet hatte.

»Wie? Ich?«

»Soll Koichi es selbst machen?«

Der Klassensprecher stimmte zu, stand auf und ging in die Ecke des Zimmers, wo die Putzsachen standen. Währenddessen öffnete ich die Vorhänge, die den Bettbereich abtrennten und forderte Koichi auf, sich vor eines der Betten zu stellen. Ich nahm mir mehrere Mülltüten, riss eine davon auf und breitete sie über dem Bett aus. Koichi drückte ich eine weitere in die Hand.

»Zieh alles aus, an dem Blut klebt, und tu es da rein.«

»Okay.«

»Halt, am besten ziehst du dich komplett aus. Die Unterhose kannst du anlassen. Ich will deinen Körper untersuchen.«

»Geht klar. ... Uff, meine Hose ist ja voller Blut.«

Auf unserer schwarzen Schuluniform ließ sich das schwer erkennen. Koichi zog sich bis auf die Boxershorts aus, und ich zuckte zusammen, als mein Blick auf die riesige Schnittwunde in seinem linken Oberschenkel fiel. Sie begann an seinem Hüftgelenk, zog sich circa zwanzig Zentimeter lang schräg bis zu seinem Knie und klaffte weit auseinander.

Die Blutung hatte aufgehört und man konnte eine gelbliche Fettschicht sehen ... Es war ein ekelerregender Anblick, bei dem sich mir die Nackenhaare aufstellten.

Der Klassensprecher hatte den Stuhl abgewischt und sich in meine Richtung bewegt, nur um bei Koichis Anblick schnurstracks umzudrehen.

»Das Bein hab ich mir wohl an der Leitplanke aufgeschnitten. Wegen der Jacke hatte ich das gar nicht gesehen. Was mach ich denn jetzt? Mit einem Pflaster lässt sich die Wunde wohl kaum verschließen.«

»Ich habe mal gehört, dass man im Notfall Klebeband benutzt, um Blutungen zu stoppen. Aber bluten tut die Wunde ja nicht mehr. Wobei wir sie trotzdem nicht so lassen können ... Klassensprecher?«

Er stand zitternd ein Stück von uns entfernt. Als ich ihn ansprach, zuckte er zusammen.

»W-was?«

»Du trägst Nähzeug bei dir, oder?«

»Mitsuru, du willst doch nicht ...«

»Doch, will ich. Schwarzenegger hat so was auch selbst gemacht.«

»Das war im Film. Außerdem habe ich dieses Snoopy-Nähset ewig nicht mehr benutzt.«

»Es ist egal, welche Farbe der Faden hat. Das ist ein Notfall.«

Zögerlich brachte mir der Klassensprecher sein Reise-Nähset. In der heutigen Zeit sollten auch Jungs Nähzeug bei sich tragen – das hatte er immer stolz verkündet. Doch tatsächlich war sein Set bisher nie zum Einsatz gekommen. Er konnte sich freuen, dass es sich nun als nützlich erwies.

Die Fäden deckten die gesamte Farbpalette ab. Ich entschied mich für den pinkfarbenen, weil er der Farbe von Fleisch am nächsten kam.

»Koichi, ich nähe jetzt deine Wunde. Leg dich aufs Bett.«

Verwunderung machte sich in Koichis Gesicht breit. In ihm musste sich etwas bei dem Gedanken sträuben, von jemandem mit Nadel und Faden behandelt zu werden. Wem würde es nicht so gehen? Aber kaum betrachtete er seine Wunde noch einmal genauer, biss er die Zähne zusammen und legte sich widerstandslos aufs Bett.

»Die Frage nervt dich bestimmt, aber noch mal: Du hast keine Schmerzen, ja?«

»Nein, mir tut nichts weh.«

Wie konnte das sein? Weil er tot war, klar. Aber Tote

bewegten sich nicht und reden konnten sie auch nicht. Das ergab doch keinen Sinn ... Ich verbannte diesen Gedankengang aus meinem Kopf. Wenn ich einmal anfing zu grübeln, würde ich nicht mehr damit aufhören und erstarren.

Ich fädelte den Faden in das Nadelöhr und desinfizierte die Wunde, unsicher, ob es überhaupt notwendig war. Die Wunde leuchtete hell ... Nein, ich durfte nicht daran denken, dass es sich um einen menschlichen Körper handelte. Was vor mir lag, waren mehrere Kilo Fleisch. Das musste ich mir einreden, so unfreundlich es Koichi gegenüber auch war. Denn obwohl ich der Sohn eines Arztes war, hatte ich noch nie eine frische Verletzung wie diese gesehen.

»Damit der Faden beim Bewegen nicht spannt, nähe ich nicht zu engmaschig.«

»Ist gut. Du bist echt der Wahnsinn, Mitsu. Du kannst einfach alles.«

»Schön wird die Naht aber nicht.«

»Kein Ding. Ein Mann trägt seine Narben mit Stolz. Und *Black Jack* sieht damit auch megacool aus.«

»Bei dem waren die Fäden allerdings nicht pink.«

Ich machte mich mehr schlecht als recht an die Näharbeit und wickelte danach einen Verband um die Stelle. Selbst nachdem Koichi aufgestanden war, trat kein Blut aus und auch das Gehen schien ihm keine Probleme zu bereiten. Und das, obwohl sein Kniegelenk vollständig hätte ausgekugelt sein müssen.

Von der Wunde in seinem Oberschenkel abgesehen, hatte er keine größeren Verletzungen. Nur ein paar kleine Schürfwunden hier und da.

»Mein Bauch fühlt sich dicker an sonst. Dabei hab ich doch gar nichts gefrühstückt«

»Denk nicht drüber nach.«

Gut möglich, dass ein Teil seiner inneren Organe beschädigt und nun abgesunken war. Aber was hätte es gebracht, wenn ich das laut ausgesprochen hätte? Also schwieg ich und hielt ihn dazu an, sich noch einmal hinzusetzen. Ich bat den Klassensprecher, Koichis Traingsanzug holen zu gehen, was er mit einem Nicken tat. Als ich ihm das Nähset zurückgeben wollte, lehnte er ab und sagte, ich könne es behalten. Sicher stand er immer noch unter Schock und konnte nicht klar denken – trotzdem war ich mir sicher, dass unser Musterschüler über diese Sache Stillschweigen bewahren würde.

»Komm, ich wische deinen Rücken ab.«

»Okay.«

Ich rieb Koichi mit einem Tuch ab, angefangen bei seinem Hals über seinen breiten Rücken, und prüfte dabei seinen Körper. Seine Halswirbel sahen übel aus. Dafür schien das Rückgrat nicht gebrochen zu sein. Sonst hätte er wohl kaum aufrecht stehen können. Es sei denn, dass er sich mit Muskel- und Willenskraft aufrecht hielt? Muskel- und Willenskraft? Was sollte das überhaupt heißen? Ich war selbst ziemlich durch den Wind.

Die Blutung an Koichis Kopf hatte auch aufgehört. Die Wunde selbst war nicht sonderlich groß. Am meisten bereitete mir die Verletzung seines Hirns Sorgen. Unsinn, das Problem war, dass sein Herz nicht mehr schlu… Stopp! Nicht nachdenken.

»Hey, bin ich echt tot?«

Dass der Tote höchstpersönlich diese Frage stellte, machte es ziemlich merkwürdig. Aber mir blieb nichts anderes übrig, als ihm eine sachliche Antwort zu geben.

»Fest steht, dass dein Herz nicht mehr schlägt.«

»Aber atmen tu ich doch noch? Eiiin. Und ausss. Siehst du?«

»Ich wüsste viel lieber von dir, warum du ohne Herzschlag überhaupt weiteratmest.«

Das Herz hat die Funktion, das Blut durch den Körper zu pumpen. Es schickt frisches Blut durch den Körper und nimmt ferner »Abfallprodukte« wie Kohlendioxid auf, um sie zur Lunge zu befördern. In den beiden Lungenflügeln werden die Blutkörperchen erneut mit frischem Sauerstoff versorgt. Wir atmen, um diesen Sauerstoff in uns aufzunehmen.

Mit einem stillstehenden Herzen ergab es schlicht keinen Sinn, dass Koichi weiteratmete. Ein Toter brauchte nicht zu atmen. Nein, für gewöhnlich brauchte ein Toter gar nichts mehr zu tun, unabhängig von dem, was andere sagten.

»Hmm, vielleicht ist es einfach eine Angewohnheit.«

Er klang völlig sorglos.

Angewohnheiten hat jeder Mensch. Aber ob die Atmung dazu zählt? Beim Atmen handelt es sich um einen unbewussten Reiz, das ist etwas anderes als eine Angewohnheit. *Ach, das bringt doch nichts. Je mehr ich darüber nachdenke, desto mehr verwirrt mich das alles.*

Ich zwang mich dazu, meine Aufmerksamkeit auf etwas anderes zu lenken und konzentrierte mich darauf, das getrocknete Blut aus Koichis Haaren zu entfernen. Zum Glück gab es im Krankenzimmer heißes Wasser. Ich befeuchtete das Handtuch und machte mich an die Arbeit.

Der Klassensprecher kehrte mit Koichis Trainingsanzug zurück. Koichi zog ihn an und merkte an, dass ihm kalt gewesen war. Schmerzen empfand er keine, Kälte und Wärme aber schon?

»Du siehst wirklich nicht aus, als wärst du tot. Unfassbar.«

Unser Klassensprecher war eine ernsthafte Person mit einem ausgeprägten Gerechtigkeitssinn – was bedeutete, dass er starrsinnig war. Anfangs hatte er sich nicht sonderlich überrascht gezeigt, weil er Zeit gebraucht hatte, um die Situation zu begreifen. Während er den Trainingsanzug holen war, hatte er es allmählich verstanden und brachte nun seine gesamten mentalen Kräfte auf, um die Situation zu erfassen.

»Könntest du aufhören, ihn als ›tot‹ zu bezeichnen? Ich mag das nicht ... Oh, hier klebt noch Blut dran. Hey, Koichi, nicht bewegen.«

»Mitsu, du ziehst an meinen Haaren. Aua.«

»Mitsuru. Wenn Koichis Herz wirklich stehengeblieben ist, dann ...«

»Aua!«

»Ein Laster hat dich angefahren und du spürst nichts, aber wenn man dich an den Haaren zieht, schreist du? Wer soll daraus schlau werden? Das würde schneller gehen, wenn ich sie dir einfach abschneide. Na ja, eigentlich würde es reichen, sie mit Shampoo zu waschen ...«

»Mitsuru. Könnte es nicht sein, dass Koichi überhaupt nicht tot ist?«

»Wie oft soll ich das denn noch erklären? Sein Herz hat aufgehört zu schlagen. Ich vermute, dass die Verletzung der Halswirbel tödlich gewesen ist ... Ein Wunder, dass sein Kopf noch auf den Schultern sitzt.«

»Mein Kopf ist eben nicht kleinzukriegen!«

Koichi klang, als wolle er von mir gelobt werden, doch ich ging nicht darauf ein.

»Ein Toter redet nicht!«

Der Klassensprecher hingegen hörte sich ein wenig gereizt an.

»Und überhaupt, wieso kann er sich bewegen? Er ist doch kein Zombie. Jetzt weiß ich's. Ihr beiden habt euch einen komplizierten Trick ausgedacht und wollt mich damit reinlegen.«

»Komm mal wieder runter. Aus welchem Grund sollte Koichi dich denn so unbedingt reinlegen wollen, dass er sich dafür den Schädel einschlagen würde?«

»Das ... weiß ich nicht.«

»Die Situation ist nicht normal, keine Frage. Aber sie ist echt. Sie ist so real, wie sie nur sein kann. Fass ihn selbst an, wenn du es immer noch nicht glauben kannst.«

»Nein, schon gut. Ich verzichte.«

»Mensch, denk doch mal an Koichis Gefühle. Tote werden hier nicht diskriminiert. Los!«

Ich musste wohl körperlich nachhelfen.

Ich griff seine Hand und zerrte sie zu Koichi, bis sie dessen Gesicht berührte. Der Klassensprecher bestand immer darauf, dass niemand ausgegrenzt werden darf. Vielleicht leistete er deshalb keinen großen Widerstand und berührte Koichis Wange – wenn auch mit verzogenem Gesicht.

»Die ist ja eiskalt ...«

»Siehst du? Niemand, der lebt, ist so kalt. Das müsste dieselbe Temperatur wie draußen sein. Ihm selbst ist aber nicht kälter als sonst. Stimmt doch, oder Koichi?«

»Ja. Mir ist nicht besonders kalt. Nicht mehr als in vorigen Wintern.«

»Was, wenn er scheintot ist?«

»Jemand, der gehen und sprechen kann, lässt sich wohl kaum als scheintot bezeichnen.«

»Kannst du mir mal sagen, wieso du so ruhig bist, Mitsuru?«

»Das ist mir auch aufgefallen. Mitsu ist echt die Ruhe in Person. Er ist so cool, dem kann ich alles überlassen.«

»Das gilt genauso für dich, Koichi. Warum bist du so locker? Ist dir klar, dass du gestorben bist?«

Der Klassensprecher sprach so laut, dass sich seine Stimme überschlug.

Koichi und ich reagierten einstimmig: »Was sollen wir denn deiner Meinung nach tun?«

Erklär es uns, wir wollen es auch wissen.

Koichi sicher noch mehr als ich. Seit sein Herz stehen geblieben war, hatte er sich diese Frage bestimmt schon hundertmal gestellt und hundertmal keine Antwort gefunden.

Der Klassensprecher stand neben dem Bett und rang sichtlich um Worte, aber ihm kam nichts über die Lippen. So sehr er auch nachdachte, ihm fiel keine Antwort ein, und je länger er grübelte, desto blasser wurde er. Er begann mir leidzutun.

»Hör mal. Du hast recht, dass Koichi sich in einem scheintoten Zustand befindet. Trotzdem bewegt er sich und spricht.«

Ich bemühte mich um einen sanften Tonfall.

»Man könnte ihn auch als lebenden Toten bezeichnen. Sein Zustand ist so sonderbar wie einzigartig. Aber sieh es mal von der Seite: Wäre es andersherum nicht schlimmer? Also ein toter Lebender. Jemand, dessen Herz schlägt, dessen Puls und Blutdruck normal sind, mit regulärer Körpertemperatur, der sich aber weder rühren noch sprechen kann.«

»Das ... wäre quasi wie bei einem Koma.«

Da hatte er einen guten Punkt. Ich nickte und antwortete mit einem vagen: »Ja, so in etwa. Stell dir vor, Koichi wäre jetzt im Koma. Wie fändest du das?«

»Das fände ich traurig.«

»Ja, das wäre extrem traurig. Das will ich nicht.«

Es war Koichi selbst, der das mit ernster Stimme sagte.

»Eben. Dich hat also das kleinere Übel erwischt. Wir wissen zwar nicht, warum sich Koichi in diesem Zustand befindet, aber zumindest geht es ihm gut.«

»Es geht ihm ... gut?«, sagte der Klassensprecher mit einem nervösen Blick zu Koichi.

»Yep, ich bin fit«, sagte Koichi mit einem Lächeln, das jeden entspannen würde, der es sah.

Ganz genau. Sein stillstehendes Herz änderte nichts daran, dass es ihm gut ging. Er selbst hatte es gesagt. Alles andere war unwichtig.

»Muss er wirklich nicht in ein Krankenhaus?«

»Das habe ich doch vorhin schon erklärt. Wenn die Welt von Koichis Zustand erfährt, wird es einen riesigen Aufruhr geben. Man würde ihn untersuchen und an ihm herumdoktern. Universitätskliniken und das Gesundheitsministerium träten auf den Plan und zuallererst würden sie Koichi in eine Klinik zwangseinweisen und isolieren.«

»Mich isolieren? Bitte nicht.«

»Wir müssten die Sache also geheim halten, richtig?«

Ich schaute den Klassensprecher an und nickte.

»Ohne dich schaffen wir das nicht. Die ganze Klasse muss an einem Strang ziehen.«

»Wie?«

»Koichi ist to... ich meine, scheintot. Trotzdem hat er dieselben Rechte wie jeder andere und einen Anspruch darauf, am Unterricht teilzunehmen. Ich will, dass er seinen Schulalltag ganz normal weiterführen kann.«

Genau. Er sollte so weiterleben wie bisher, von einem ereignislosen Tag in den nächsten. Unser Leben sollte immer so weitergehen. Wir würden gemeinsam zur Schule gehen, uns beim Essen gegenübersitzen und auf dem Weg nach Hause ein Mäckes besuchen, wo ich Koichi bei den Hausaufgaben half. Ich wollte nicht, dass sich daran etwas änderte.

»Mit dem blassen Gesicht, seiner eiskalten Haut und der Delle im Kopf werden wir seinen Zustand vor den anderen in der Klasse, die ihn täglich sehen, kaum verheimlichen können. Es wäre nur eine Frage der Zeit, bis es jemand bemerkt.«

»Ja ... da hast du wohl recht. Deswegen erklären wir es ihnen, bevor jemand von selbst Verdacht schöpft. Wir legen die Karten auf den Tisch und versuchen, sie zu überzeugen, damit die ganze Klasse dabei hilft.«

»Werden sie uns echt glauben?«

Dieser unbekümmerte Einwurf kam vom Toten höchstpersönlich.

»Du bist jetzt mal ruhig«, pflaumte ich Koichi an und wandte mich danach wieder dem Klassensprecher zu, der mit seiner verrutschten Brille zutiefst durcheinander wirkte.

»Das ist doch verrückt, Mitsuru. Wie sollen wir die anderen überzeugen?«

»Wir machen das Unmögliche möglich. Die Situation ist sowieso absurd — wir müssen unsere Logik über Bord werfen und es akzeptieren. Wenn wir nichts tun, wird Koichi in einem Krankenhaus weggesperrt und mit Pech zur WHO oder einer anderen großen Organisation geschickt, wo man ihn im schlimmsten Fall seziert. Willst du, dass dein Klassenkamerad zerstückelt wird?«

Meine Drohung war etwas übertrieben, völlig auszuschließen war dieses Szenario aber nicht.

»Er ist von einem LKW angefahren worden und hat überlebt! Womöglich stirbt er selbst dann nicht, wenn man ihn seziert und in kleine Stücke schneidet. Und vielleicht wird der zerstückelte Koichi dich dann Nacht für Nacht an deinem Bett heimsuchen.«

Der Klassensprecher konnte Horrorgeschichten überhaupt nicht ab und erstarrte.

»Hör auf! Willst du mir Angst machen?!«

Derweil flüsterte Koichi leise, dass er so etwas nie tun würde.

Das weiß ich doch. Du bist niemand, der lange niedergeschlagen ist. Selbst wenn ihn dieses Schicksal ereilen sollte, würde er eher zu mir kommen, um sich die Zeit zu vertreiben. Jetzt gerade hatte es allerdings Vorrang, den Klassensprecher auf unsere Seite zu ziehen.

»Wir schaffen das. Die Details werde ich den anderen erklären. Heute in der Ersten haben wir Japanisch, das würde perfekt passen. Du müsstest bloß Herrn Ogawa aus dem Klassenzimmer schicken.«

»Wie soll ich das denn anstellen? Das ist unmöglich.«

»Sag einfach, wir Schüler müssten etwas Dringendes besprechen. Er ist doch unser Klassenlehrer. Wenn du als Klassensprecher ihm das sagst, wird er sich nicht querstellen. Danach müsstest du nur neben mir stehen und mir nickend zustimmen. Auf diese Weise glauben sie uns diese absurde Situation eher. Hoffe ich ...«

»Hoffst du ...?«

»Du willst Koichi doch auch helfen! Oder wäre es dir lieber, dass man ihn in kleine Stücke schneidet?«

»Natürlich nicht! Wer würde schon gerne sehen, wie sein Freund zerstückelt wird?«

Perfekt! Wie unverblümt er seine Gefühle in Worte fasste – das konnte nur unser Klassensprecher. Damit würde er unsere Mitschüler eher ins Boot holen als mit einer gekünstelten Performance.

»Einen Einwand habe ich noch, Mitsuru. Angenommen, es gelingt uns, die Klasse von unserem Plan zu überzeugen, dann haben wir ihre Hilfe für die Unterrichtszeit. Was passiert danach? Zu Hause wird Koichi doch sofort auffliegen.«

»Heute kann er erst mal mit zu mir kommen. Ich habe keine Mutter und mein Vater wohnt quasi im Krankenhaus. Selbst wenn er mal nach Hause kommt, mischt er sich kaum in mein Leben ein.«

Den morgigen Tag stellte ich hinten an. Fürs Erste musste ich mich um das Hier und Jetzt kümmern.

Koichi beneidete mich um meine rationale Art. Ich mochte sie dagegen gar nicht. Vermutlich hatte ich sie von meinem Vater geerbt. Doch in der jetzigen Lage brauchte ich diesen Charakterzug, um das übernatürliche Phänomen, wenn man es so nennen wollte, als Teil der Realität zu betrachten.

Der Klassensprecher grübelte einen Moment lang mit gesenktem Blick. Schließlich schaute er zu Koichi, der immer noch auf dem Bett saß und seinen großen Körper nun in einen Schulsportanzug gehüllt hatte. Er blickte etwas ratlos zum Klassensprecher auf, die eingedellte Stelle an seinem Kopf war deutlich sichtbar. Befangen knetete er seine Strickmütze. Es war ihm wohl unangenehm, dort angestarrt zu werden.

»Gut«, sagte der Klassensprecher. »Ich werde es versuchen. Garantieren kann ich für nichts, aber ... auf meine Hilfe könnt ihr zählen.«

Perfekt! Den Ersten hatte ich für unsere Sache gewonnen. Meine Freude ließ ich mir nicht anmerken. Ich sagte nur erleichtert: »Ist das nicht klasse, Koichi?«

Dieser nickte wiederholt und bedankte sich mit einem Lächeln, das so aufrichtig war, dass der Klassensprecher ebenfalls lächeln musste.

In diesem Moment ertönte das Vorläuten zum Unterrichtsbeginn.

»Los, kommt jetzt, Koichi. Und setz deine Mütze auf.«

Koichi befolgte meine Worte anstandslos, machte sich aber dennoch Gedanken: »Ich bekomm bestimmt Ärger, wenn ein Lehrer sieht, dass ich im Gebäude eine Mütze aufhab.«

»Warum sagst du nicht einfach, dass du sie aus gesundheitlichen Gründen trägst?«

Dieser Rat kam vom Klassensprecher. Gelogen war es nicht, es wäre allerdings ein Problem, wenn jemand ihn aufforderte, die Mütze abzunehmen und seine Verletzung zu zeigen.

»Sag doch, du hättest kreisrunden Haarausfall. Dann wird sicher niemand weiter nachhaken.«

»Mitsu, du bist echt genial!«

»Du schaltest schnell und findest sofort Lösungen. Du wirst sicher einmal Arzt.«

»Nein, werde ich nicht.«

»Wieso?«

Als Sohn eines Arztes, der seine eigene Klinik betrieb, bekam ich diese Frage häufiger gestellt. Gute Noten hatte ich auch, weshalb andere einfach annahmen, ich würde in Zukunft die medizinische Fakultät einer berühmten Universität besuchen.

»Das ist, glaube ich, nichts für mich.«

»Meinst du? Du bist so ruhig, der perfekte Chirurg. Ich würde lieber von einem ungeselligen Arzt, der sein Handwerk versteht, behandelt werden, als von einem, der zwar nett ist, aber dafür mittelmäßige Arbeit leistet.«

»Sorry, dass ich so ungesellig und abweisend bin.«

»Äh, so war das nicht gemeint ...«

Wie sollte es denn sonst gemeint sein?

»Schon gut. Du hast ja recht«, sagte ich zum verlegen gewordenen Klassensprecher, bevor ich fortfuhr. »Mein Vater passt genau in diese Kategorie Arzt: distanziert, aber fähig. In seinem Beruf ist er ziemlich herausragend, würde ich sagen. Aber ...«

Trotzdem war es ihm nicht gelungen, meiner Mutter das Leben zu retten. Dieser Gedanke schwebte in meinem Kopf, doch ich verjagte ihn gleich wieder und gab ihnen stattdessen einen anderen Grund.

»Ich will nicht so enden wie er.«

»Stimmt ja, dein Vater hat total viel um die Ohren. So oft wie er in der Klinik übernachtet.«

Koichi war sich nicht im Geringsten bewusst, wie sehr er mir mit dieser Bemerkung aus der Patsche half.

»Verstehe. Ja, Arzt ist echt ein harter Job.«

Der Klassensprecher nahm meine Begründung an.

»Da fällt mir ein, Koichi, du hast den Fragebogen mit deinen Wunschuniversitäten noch nicht abgegeben. Herr Ogawa wartet schon.«

»Ups, das habe ich total vergessen. Ich konnte mich nicht für ein Studienfach entscheiden ...«

»Du gehst doch in die technische Richtung, oder?«

»Ja, ich dachte an eine technische Hochschule. Medizin oder so ist mir zu hoch.«

»Das denke ich auch. Wäre auch blöd, wenn du aus Versehen in eine medizinische Fakultät spazierst und für eine Körperspende gehalten wirst.«

Einen so makabren Witz von unserem Klassensprecher zu hören, verwunderte mich. Ein Blick in sein Gesicht genügte jedoch, um zu verstehen, dass er das vollkommen ernst meinte. Der war sicher todernst zur Welt gekommen.

»Die Sorge hatte ich auch«, antwortete Koichi.

Zwei Dumme, ein Gedanke. Oder es war ein ausgeklügelter Sketch, bei dem sie sich Witze zuspielten, ohne dabei ihre Mienen zu verzeihen. Ich wusste nicht mehr, was wahr war und was nicht. Aber das war auch egal. Wir hatten unsere Klassenzimmer fast erreicht.

»Und so sieht die Lage aus«, sagte der Klassensprecher vom Lehrerpult aus.

Der Japanischunterricht in der ersten Stunde wurde durch eine Notfallbesprechung ersetzt, ganz, wie ich es geplant hatte. Der Klassensprecher hatte darauf beharrt, dass wir unbedingt etwas nur unter uns Schülern besprechen mussten. Bis Herr Ogawa nachgegeben und mit seiner gewohnt ruhigen Stimme gesagte hatte: »Aber nur heute.«

»Koichi Yamadas Herz ist infolge einer Kollision mit einem LKW stehengeblieben. Sein Gesicht ist blass und seine Körpertemperatur stark gesunken.«

Der Großteil der Klasse wusste nicht, wie er reagieren sollte. Ich konnte meinen Klassenkameraden die Gedanken von den Gesichtern ablesen. *Wann ist aus unserem Klassensprecher ein Klassenclown geworden? Dieser Scherz ging ja gewaltig in die Hose.*

»Wenn die Öffentlichkeit oder die Medien davon Wind

bekommen, wird es einen riesigen Aufruhr geben und Koichi könnte sich sein gewohntes Schulleben abschminken. Sein Zustand muss vollständig unter Verschluss gehalten werden, auch, damit er weiter zur Schule kommen kann. Koichis Geheimnis darf diese Klasse nicht verlassen, dafür brauche ich eure volle Unterstützung.«

Nach einer winzigen Pause brach die 2C in Gelächter aus. Manche Lacher klangen ungläubig, andere höhnisch.

Die Reaktion war zu erwarten gewesen. Man konnte ihnen nicht verübeln, dass sie uns nach dieser Erklärung nicht sofort glaubten. Koichi hatte seinen Stuhl vorne neben meinen gestellt und sich hingesetzt, ohne seine Strickmütze vom Kopf zu nehmen. Er lachte mit den anderen mit, doch sein Gesicht war kreidebleich.

Der Klassensprecher, der Ziel des Gelächters war, sprach weiter: »Äh, lasst es mich anders formulieren. Stellt euch einmal vor, wie ihr euch an seiner Stelle fühlen würdet, wie viel Angst ihr dann hättet ...«

Wie sollten sie sich das denn bitte vorstellen?

Die Hälfte der Klasse hatte bereits aufgehört, den Worten des Klassensprechers Aufmerksamkeit zu schenken. Die Mädchen plauderten vergnügt, und einige Jungen legten sich mit dem Kopf auf den Tisch, um ein Nickerchen zu machen. Dass man dem Klassensprecher anfangs überhaupt zugehört hatte, lag an Koichis Popularität in der Klasse. Bestimmt dachten sie, er hätte sich mit dem Klassensprecher einen merkwürdigen Scherz ausgedacht.

»Leute, bitte. Hört mir doch zu!«

Der Klassensprecher wusste nicht mehr weiter.

»Sein Herz soll stehengeblieben sein? Wer's glaubt ...«, sagte ein Junge von einem der vorderen Plätze aus.

»Koichi ist doch genauso drauf wie immer. Er ist zwar etwas blass, aber solange er sich bewegt, klingt das mit dem Herzstillstand nicht gerade überzeugend.«

»Aber es stimmt! Sein Herz schlägt nicht mehr!«

»Dann wäre er doch längst tot!«

»Ja, normalerweise schon. Aber wir erleben hier gerade einen Ausnahmefall ...«

»Okay! Dann prüfe ich mal seinen Herzschlag!«

Es war Ikumi Hashimoto, die sich mit gehobener Hand zu Wort gemeldet hatte. Ihre leicht gebleichten, langen Haare waren nur an den Seiten durchgestuft und schwangen beim Aufstehen hin und her. Alle wussten, dass sie Gefühle für Koichi hatte. Das erklärte auch die nachfolgenden hämischen Kommentare.

»Ikumi, du willst doch bloß Koichi anfassen!«

»Super! Endlich hast du eine Chance, seinen Herzschlag zu spüren!«

Sie ignorierte den Spott, lachte sogar mit einer gewissen Zufriedenheit. Ikumi war ein unbekümmertes Mädchen, das man nicht leicht verschrecken konnte. Sie hatte Koichi vor Beginn der Sommerferien ihre Liebe gestanden. Dieser hatte ihr auf der Stelle einen Korb mit den Worten »Tut mir leid« gegeben. Nach seiner Abfuhr hatte sie ihn sogar noch zurechtgewiesen.

»Konntest du nicht wenigstens so tun, als hättest du überlegen müssen?«

Ich war dabei gewesen, als es geschehen war, deswegen erinnere ich mich genau daran.

Gut gelaunt ging sie auf Koichi zu.

»Dürfte ich deine Erlaubnis haben, dich zu berühren, um deinen Herzschlag zu prüfen?«, fragte sie flapsig. Selbst nachdem sie von Koichi eine Abfuhr bekommen hatte, verhielt sie sich wie immer. Ihre unbeschwerte Art war durch nichts aus der Ruhe zu bringen. Manchmal fand ich, dass die beiden sich in dieser Hinsicht ähnelten.

»Mitsu, ist das okay für dich?«

»Wieso fragst du mich?«

»Wollte nur sichergehen ...«

»Nun lass sie schon machen. Das spart uns einiges an Arbeit.«

»Okay. Wenn du das sagst ...«

Er stand auf und trat einen Schritt an Ikumi heran. Erneut hagelte es spöttische Kommentare aus der Klasse. Anfangs alberte sie noch herum, zeigte den anderen ein Victory-Zeichen. Doch als sie sich endlich Koichi zuwandte, verkrampfte sie für einen Moment.

»Koichi. Du bist ja wirklich kreidebleich ...«

»Ja. Dabei hab ich gar nicht so viel Blut verloren.«

»Hast du dir etwas ins Gesicht geschmiert? Foundation oder so?«

»Ahaha, wieso sollte ich das denn machen? So, hier ist mein Herz.«

Koichi zeigte auf seine Brust und Ikumi streckte zögerlich ihre Hand aus. Sie berührte lediglich mit der Fingerspitze seinen Sportanzug und hielt dann inne. Ihr war anzusehen, dass sie instinktiv Angst hatte.

»Du musst mich schon richtig berühren.«

»Aaah!«

Ikumi schrie auf, als Koichi ihr Handgelenk sachte griff. Es war die Kälte seiner Haut, die sie erschreckte. Die Klasse lachte in dem Glauben, Ikumi hätte bloß einen Scherz gemacht. Doch sie meinte es ernst.

»Das ist nicht wahr!«

»Ikumi?«

»L-lass mich los!«

Erst sollte Koichi sich anfassen lassen, und jetzt galt auf einmal das Gegenteil. Verwirrt schaute er zu mir, ohne dabei Ikumis Hand loszulassen.

»Ich kann das nicht! Lass mich sofort los!«

Ikumi war angsterfüllt, ihre Stimme weinerlich. Hastig ließ Koichi ihre Hand los und trat einen Schritt zurück. Er entschuldigte sich leise und senkte betrübt den Kopf. In diesem Moment begriff die Klasse endlich, dass Ikumis Angst nicht gespielt war. Eine seltsame Stille erfüllte den Raum.

Ich stieß einen Seufzer aus, bevor ich aufstand und nüchtern zu ihr sagte: »Ikumi. Es war doch deine Idee, seinen Herzschlag zu prüfen.«

»Ja, aber Koichi ist wirklich eiskalt. So kalt wie eine Leiche. Er macht mir Angst ...«

»Haben wir nicht genau das von Anfang an gesagt? Dass sein Herz stillsteht und er eine niedrige Körpertemperatur hat.«

»Wer würde so was denn glauben?«

Ikumi stand kurz vor einer Panikattacke, was gar nicht gut gewesen wäre. Gerät eine Person in Panik, breitet sich diese schlagartig auf die anderen aus. *Denk nach.* Was konnte ich jetzt tun?

Zuerst brachte ich Ikumi ganz ruhig zu ihrem Platz zurück. Nachdem sie sich hingesetzt hatte, klopfte ich ihr leicht auf die Schulter und ging zurück ans Lehrerpult. Ich achtete darauf, möglichst gefasst und selbstsicher zu gehen. Das war alles Show. Am schwarzen Brett angekommen, nahm ich ein Stück Kreide in die Hand.

»Nur damit eins klar ist: Koichi **lebt**.«

Das musste ich zuerst klarstellen. Das Wort Tod ist zu absolut, es macht den Leuten Angst.

»Er geht, er spricht, er lebt. Das ändert allerdings nichts an seinem Zustand.«

Ich begann, die Tafel in einem Zug zu füllen. Das Klackern der Kreide erfüllte den Raum. Ich schrieb mit einer leserlichen Handschrift und in einer Geschwindigkeit, die Lehrer vor Neid erblassen lassen würde, die folgenden Punkte:

Koichi Yamadas gegenwärtiger Zustand:
Puls: nicht vorhanden
Blutdruck: nicht messbar
Körpertemperatur: nicht mit Thermometer messbar
Pupillen: normal
Herzschlag: nicht vorhanden
Atmung: vorhanden, vermutlich aus Gewohnheit
Bewusstsein: normal

»Auf den letzten Punkt kommt es an. Sein Bewusstsein ist unverändert. Was selbstverständlich auch heißt, er hat Gefühle.«

Ich umkreiste das Wort »Bewusstsein« mit roter Kreide. Danach winkte ich Koichi zu mir, der mit ungewohnt besorgtem Gesicht langsam neben mich trat.

»Es geht mir gut«, flüsterte er leise und lächelte kurz.

Ich fügte der Tafel einen weiteren Punkt hinzu.

Unfallverletzungen:
  Delle an der Schädelseite, Platzwunden
  am linken Oberschenkel etc.

»Koichi hat Gefühle. Eure unsensiblen Kommentare verletzen ihn. Auch ein stillstehendes Herz kann verletzt werden. Vergesst das nicht. ... Koichi, nimm jetzt deine Mütze ab.«

»Okay.«

»Shit! Der ist ja echt eingedrückt«, sagte ein Junge in der ersten Reihe, der sich nach vorne gelehnt hatte.

Mehrere unerschrockene Mitschüler traten nach vorne, um sich mit eigenen Augen zu vergewissern. Koichi beugte sich freundlicherweise vor, damit sie einen guten Blick bekamen.

»Krass ... Tut das nicht weh, Koichi?«

»Nee, gar nicht. Die anderen Verletzungen tun auch nicht weh.«

»M...Mitsuru, sag mal, ist er hirntot? Bei dieser Verletzung müsste sein Gehirn ganz schön was abbekommen haben, oder?«

Auf diese Frage gab ich eine nüchterne Antwort.

»Bei einem Hirntod wird man mit medizinischer Technologie gerade so am Leben erhalten. In dem Zustand kann das Gehirn seine Funktionen nicht aufrechterhalten. Die betroffene Person verliert das Bewusstsein und kann nicht mehr aus eigener Kraft atmen, ihre Gehirnwellen sind flach. Es gibt noch weitere spezifische Kriterien und sobald die alle erfüllt sind, spricht man von einem Hirntod. In so einem Fall kann sich der Körper nicht mehr bewegen, das Herz schlägt aber noch. Koichi dagegen kann sich bewegen. Sein Herz schlägt bloß nicht.«

»Äh ... Dann funktioniert sein Gehirn noch, obwohl sein Herz aufgehört hat zu schlagen?«

»Das kann ich mir nicht vorstellen. Bei einem Herzstillstand fließt kein Blut mehr durch den Körper und das Gehirn bekommt nicht genug Sauerstoff. Von allen Organen hat das Gehirn den größten Sauerstoffverbrauch.«

Da meldete sich ein anderes Mädchen aus der Klasse. Ich kam mir vor wie ein Lehrer.

»Das heißt, sein Gehirn funktioniert nicht mehr?«

»Ich denke, das ist plausibel.«

»Aber wieso kann er dann normal denken und sprechen?«

Bin ich allwissend? Frag das lieber Gott. Das hätte ich gerne erwidert, doch jetzt musste ich daran denken, was wir hiermit erreichen wollten. Ich musste sie überzeugen, Koichi zu akzeptieren, ohne ihnen dabei Angst zu machen. Und sie mussten alle sein Geheimnis für sich behalten.

»Wir wissen, wo sich das Gehirn befindet: in unserem Schädel. Und unsere Seele? Wo befindet sich unsere Seele?«

Ich musste sie ablenken, koste es, was es wolle. Mit allen sprachlichen Tricksereien, zu denen ich fähig war, streute ich ihnen Sand in die Augen.

»Selbst die moderne Medizin weiß nicht, wo sich unsere Seele, unser Geist befindet. Es besteht sicherlich eine Verbindung zwischen Gehirn und Seele, aber das allein reicht für eine Erklärung nicht aus.«

»Äh ... Du meinst also, dass sein Hirn zwar tot ist, aber seine Seele noch lebt?«

Gute Arbeit, Klassensprecher. Das war die Reaktion, die ich hören wollte, auch wenn er die Frage sicher ohne irgendwelche Hintergedanken gestellt hatte. Das Timing hätte jedenfalls nicht besser sein können.

»Ganz genau. Ich wiederhole mich noch einmal: Koichi lebt, auch wenn er aus wissenschaftlicher Sicht tot sein mag.«

Wer wissenschaftlich betrachtet tot ist, der ist auch tot, brannte es mir auf der Zunge. Doch ich hielt mich zurück und fuhr fort.

»Seine Seele ist noch am Leben.«

Menschen lieben solche abstrakten Begriffe wie Seele, Geist und Psyche. Sie sind vage und lassen sich deshalb verbiegen. Ihre große Interpretationsoffenheit ist es, die sie so attraktiv macht. Die eben noch verkrampften Gesichter meiner Klassenkameraden entspannten sich ein wenig.

»Die Seele also ...«, sagte Koichi leise zu sich selbst, als würde es hier nicht um ihn gehen.

Gut so, mehr musst du gar nicht tun. Dös einfach wie immer vor dich hin. Ein angespannt dreinblickender Toter würde den anderen bloß Angst machen.

»Den Kern des Problems solltet ihr erkannt haben, oder?«

Während ich das fragte, schaute ich mich in der Klasse um. Ich hasste es hervorzustechen und ich hasste es noch mehr, Reden zu schwingen. Allerdings war mein Befinden in diesem Moment zweitrangig.

»Was bedeutet es überhaupt, tot zu sein? Und was bedeutet es, zu leben? Woher nehmen wir uns das Recht, darüber zu urteilen, ob jemand tot oder lebendig ist? Wann spüren wir, dass unser gegenüber am Leben ist? Dann, wenn man Gedanken miteinander austauschen kann, wenn ein Gespräch zustande kommt. So sehe ich das zumindest. Deswegen ist Koichi für mich am Leben. Seine Seele, und auch sein Verstand, sind lebendig. Ja, sein Herz schlägt vielleicht nicht mehr und er ist ein wandelndes Kühlpflaster und sein Gehirn funktioniert nicht mehr. Aber seine Seele lebt. Er kann sich bewegen, sprechen und denken. Seht doch, er schaut euch alle an.«

Ich stieß Koichi mit dem Ellenbogen an, damit er die Klasse ansah. Mensch, was glaubte der, für wen ich als unerfahrener Redner so eine feurige Ansprache hielt?

Koichi erwachte endlich aus seiner Trance und winkte der Klasse mit einem breiten Grinsen zu. Als hätte er keine Sorge in der Welt ... Seine heitere Stimmung war nicht ideal, um an das Mitgefühl der Klasse zu appellieren.

»Uh ... Ugh.«

Im Gegensatz zu Koichi leistete der Klassensprecher beste Arbeit. Er stand vom Lehrerpult entfernt, hatte sein Gesicht abgewandt und kämpfte mit den Tränen. Das war meine Chance.

Ich trat zu ihm heran, reichte ihm ein Papiertaschentuch und sagte: »Ich sage das wirklich ungern, aber da mir kein besseres Wort dafür einfällt, muss ich darauf zurückgreifen. Wir sind Zeugen eines Wunders. Koichi Yamada lebt. Er ist tot und dennoch lebt er.«

Das Wort »Wunder« ist ein äußerst praktisches. Es bringt die Menschen dazu, ihren Verstand auszuschalten.

Und jetzt streng dich an, Mitsuru. Du hast es fast geschafft.

»Was, glaubt ihr, wird passieren, wenn wir Koichi irgendwelchen engstirnigen Erwachsenen überlassen, die nur in vorgelenkten Bahnen denken können? Wie der Klassensprecher anfangs erwähnt hat, würde es einen riesigen Aufruhr in den Medien und in der Öffentlichkeit geben. Man würde ihn zweifellos in ein Krankenhaus einsperren ... Oder schlimmer: Er würde in einem Versuchslabor landen. Er wäre ein gefundenes Fressen für Forscher, die dieses Wunder wissenschaftlich erklären wollen. Man würde schreckliche Experimente an ihm durchführen. Da sein Herz nicht mehr schlägt, wäre Koichi für sie nicht mehr als eine Leiche. Auf seine Menschenrechte würde man pfeifen ... Sie würden ihn sezieren und ...«

»Das darf nicht passieren!«

Ikumi war aufgesprungen.

»S...sezieren! Das dürfen sie auf keinen Fall! Wir dürfen nicht zulassen, dass sie so was mit Koichi machen!«

Sie war blass, aber nicht länger aus Angst vor Koichi. Sie hatte Sorge, ihren Klassenkameraden aus so einem absurden Grund zu verlieren. Ich nutzte ihre Reaktion aus.

»Ich will mir das ja auch nicht vorstellen ...«

Die ganze Zeit über hatte ich in einem nüchternen Tonfall gesprochen, aber jetzt schaute ich finster und ließ den Kopf hängen.

»Mitsu? Alles okay bei dir?«, fragte Koichi neben mir und musterte beunruhigt mein Gesicht.

Verfall jetzt nicht in Panik. Du zerstörst noch die Stimmung.

»Wir sind die einzigen, die Koichi beschützen können.«

Ich blickte auf und ging zum Ende meiner Ansprache über. Wenn der Schluss nicht perfekt saß, war alles umsonst. Jetzt waren klare, einprägsame Worte gefragt.

»Ich bitte euch, helft ihm!«

Ein Flehen würde sie eher überzeugen als Anweisungen oder Drohungen. Zumal ich, der so gut wie nie irgendwen um Hilfe bat, es war, der sie inständig anflehte.

Trotz letzter Zweifel nickten unsere Klassenkameraden einverständlich.

Kapitel 2

Ich begegnete Koichi im Frühling des vorletzten Jahres. Wie viele Erstklässler sich damals an allen Oberschulen des Landes eingeschrieben hatten, konnte ich nicht sagen. Die Information war mir nie wichtig genug gewesen, um sie zu recherchieren. Worauf ich hinauswill: Es waren bestimmt nicht wenige. Dass unter all diesen Schülern Koichi und ich an dieselbe Schule gingen, dieselbe Klasse besuchten, und dass sich unsere Blicke zufällig trafen, das glich rein statistisch betrachtet einem Wunder.

Sagte ich Wunder? Als ob ich an so was glauben würde!

Wie schon gesagt: Das Wort »Wunder« war dafür da, seinen Verstand auszuschalten, wenn man nicht weiter nachenken wollte. Und wenn man das zu oft tat, entwickelte es sich zu einer schlechten Angewohnheit.

Unsere Blicke trafen sich, weil ich wegen seiner Körpergröße auf Koichi aufmerksam wurde. Ich glaube, bei der Einschulung war er bereits 1,80 Meter groß. Andere Schüler sahen aus demselben Grund zu ihm hinüber, aber Koichi erwiderte meinen Blick. Mittlerweile kennt man ihn nur mit einem entspannten Lächeln auf dem Gesicht, aber in diesem Moment war davon nichts zu sehen. Auf mich wirkte er eher grimmig.

Damals hatte ich noch nicht einmal die 1,70 Meter geknackt, war schmächtig und hatte mit meinem kindlichen, fast mädchenhaften Gesicht wie ein Mittelschüler ausgesehen. Ich hatte es nicht an die Schule meiner ersten Wahl geschafft – eine Eliteschule, deren Aufnahmetest ich locker hätte bestehen sollen. Ich musste also mit meinem Plan B vorliebnehmen, und weil ich wusste, dass man mich nicht mehr ernst nehmen würde, sobald ich Schwäche zeigte, hatte ich Koichis Blick starr erwidert. Ich hatte um jeden Preis vermeiden wollen, meine Zeit an dieser Schule als irgendjemandes Laufbursche zu fristen.

Also starrte ich zurück und war insgeheim erleichtert, als Koichi von sich aus den Blick abwandte. Nur um einen halben Monat später zu ihm bestellt zu werden.

Nach so kurzer Zeit hatte Koichi bereits seinen festen Platz in der Klasse gefunden. Er war sportlich und galt als vielversprechender Neuzugang des Basketball-Clubs. Dank seiner umgänglichen Art und der Tatsache, dass er oft lachte, hatte er trotz seiner einschüchternden Statur im Handumdrehen neue Freunde gefunden. Er war zwar kein Model, aber sein Gesicht hatte etwas Liebenswürdiges, und er behandelte Jungen wie Mädchen gleich. Er verhielt sich ruhig und achtete darauf, harmlos zu wirken. Vermutlich, weil er befürchtete, anderen mit seiner Körpergröße sonst Angst zu machen.

Ab und an sorgten seine riesigen Lunchboxen für einige Lacher in der Runde. Koichi sagte dann immer leicht beschämt, seine Mutter hätte morgens einfach zu viel Energie.

Kein Wunder, dass er mit seiner Persönlichkeit später zum Klassenliebling wurde. Und dieser Klassenliebling fragte mich mit ernster Miene, ob er kurz mit mir reden könne. Ich setzte ein Pokerface auf, mein Kopf voller Fragezeichen. *Habe ich ihm irgendwas getan? Ich habe doch kaum mit ihm gesprochen. Ich hätte ihn am ersten Tag nicht so anstarren sollen.*

Koichi stach im positiven Sinne aus der Masse hervor – bei mir war wahrscheinlich das Gegenteil der Fall. Ich hatte hervorragende Noten und war distanziert. Anfangs hatten mich ein paar Mädchen angesprochen – ich schätze, ihnen gefiel mein Gesicht –, doch nachdem ich ihnen die kalte Schulter gezeigt hatte, machten sie schnell einen Abflug. Das Image, das ich von mir aufbauen wollte, war das eines Schülers, der intelligent war und gleichzeitig unzugänglich und wortkarg. Jemand, den man bei Gruppenarbeiten dabeihaben wollte, weil er nützlich war. Es war nie meine Absicht gewesen, mich komplett abzukapseln. Es war einfach nur schwerer als erwartet, das richtige Maß zu finden.

Koichi hatte mich zu einem schmalen Weg bestellt, der von der Seite der Bibliothek zum Hintereingang führte. Die Kirschblüten waren fast vollständig von den Bäumen gefallen und bildeten einen Teppich aus dichtem Pink – daran erinnere ich mich noch genau. Er hatte die Hände in seinen Hosentaschen vergraben und sprach mit leicht gesenktem Kopf. Ob wir Freunde werden könnten, fragte er.

»Bitte, was?«

Mein Tonfall war kühl, beinahe spöttisch, vielleicht sogar streitlustig. Ich dachte, er wollte sich über mich lustig machen.

Koichi sah mich an und blinzelte zweimal. Nach einem hingestammelten »Ähm ...«, sagte er: »Ich dachte nur, wir könnten Freunde ... also, wir könnten doch miteinander abhängen.«

Dachte er, ich hätte ihn nicht verstanden? Ich bekam zunehmend miese Laune, was ich mir sowohl in meinem Gesicht als auch in meiner Stimme anmerken ließ.

»Ich brauche niemanden zum ›Abhängen‹.«

»Ich kann dir auch einfach nur zuhören.«

»Kein Bedarf.«

»Wir könnten auch miteinander schweigen.«

»...«

Miteinander schweigen? Was sollte das überhaupt heißen?

Doch ich begriff bereits, was er damit meinte. Nämlich einen Freund, mit dem man nicht reden musste. Jemand, der bei einem war, aber nicht erwartete, dass man ihn unterhielt. Einer läse ein Buch, der andere würde ein Videospiel spielen, ohne, dass dabei eine unangenehme Stimmung aufkäme. Eine ungezwungene Freundschaft eben. Unter engen Freunden war das nichts Ungewöhnliches. Doch damals erschien mir diese Vorstellung fremd, denn ich hatte keine Freunde, mit denen ich mich so gut verstand. Deswegen fand ich seinen Vorschlag nicht uninteressant.

»Was meinst du, Mitsuru? Klingt doch gut.«

Koichi klang nun etwas fröhlicher, als hätte er gemerkt, dass ich über seinen Vorschlag nachdachte.

»Klingt es nicht. Außerdem hast du doch genug Freunde.«

»Hab ich gar nicht. In der Klasse und im Club gibt es zwar einige, mit denen ich rede, aber das sind nicht alles meine Freunde.«

»Wirklich?«

»Glaub ich ...«

»Das glaubst du? Und wieso fragst du ausgerechnet mich?«

»Einfach so ...«

»Du hast doch ganz andere Interessen als ich.«

»Na und? So kann man neue Sachen kennenlernen.«

»Ich habe nicht vor, Basketball zu spielen.«

»Das musst du auch nicht.«

»Und andere Sachen probiere ich auch nicht. Meine Hausaufgaben werde ich dir nicht zeigen, Playstation-Spiele leihe ich dir keine aus und Porno-DVDs wirst du bei mir nicht finden.«

»Wollt ich auch gar nicht. Ich will bloß, dass du mit mir isst. Du musst dabei auch nichts sagen.«

»Ich soll einfach nur essen?«

»Ja.«

Koichi war hartnäckig. Oder sollte ich »aufdringlich« sagen? Immer wieder gab ich ihn verbal und nonverbal zu verstehen, dass ich kein Interesse hatte ... Aber er zog einfach nicht ab. Und ich konnte ihm nicht ins Gesicht sagen, dass ich keinen Bock auf ihn hatte. Immerhin wusste ich kaum etwas über ihn. Also stellte ich eine Gegenfrage.

»Was würde für mich dabei herausspringen?«

Koichi guckte verwirrt und begann, ernsthaft nach einer Antwort zu suchen. *Hmm. Hmmmm.* Er brummte, glaube ich, eine volle Minute vor sich hin, bis er schließlich unbekümmert verkündete, dass ihm nichts eingefallen sei.

»Dir ist nichts eingefallen?«

»Nein. Ich hab keine besonderen Stärken. Ich kann bloß ein bisschen Basketball spielen, aber das interessiert dich ja nicht ... So schlau wie du bin ich auch nicht.«

»Hör mal, äh ... Wie war noch mal dein Name?«

Er strahlte übers ganze Gesicht, dabei hatte ich ihn bloß nach seinem Namen gefragt.

»Koichi. Koichi Yamada. Das ist total der Allerweltsname. Ohmi mag ich aber. Mitsuru Ohmi. Der Name hat was, find ich. Da muss ich irgendwie ans Meer denken.«

»Das Schriftzeichen für Meer ist ja auch dasselbe wie das für Ohmi in meinem Namen. Außerdem ist es dieselbe Lesung.«

»Ah, das macht Sinn.«

Da brach Koichi in Lachen aus. Er war so groß, dass ich den Kopf in den Nacken legen musste, um ihm ins Gesicht zu schauen. Doch wenn er lachte, wirkte er wie ein kleines Kind.

Nach einem Moment verstummte er und kratzte sich am Kopf. Erst da fiel mir auf, wie angespannt er die ganze Zeit über gewesen war. Es erforderte sicher Mut, so einen unnahbaren Typen wie mich anzusprechen. Was ich jedoch nicht verstand, war, weshalb Koichi sich überhaupt mit mir anfreunden wollte. Genauso gut hätte er ein süßes Mädchen auf diesem mit Kirschblüten bedeckten, pinkfarbenen Weg treffen können. Bestimmt gab es genug, die Interesse hätten.

Im Endeffekt hatte ich ihm weder eine Zusage noch eine Absage gegeben. Aber Koichi musste mein Schweigen als Zustimmung aufgefasst haben, denn in der Mittagspause stellte er sich mit seiner riesigen Lunchbox neben mich und warf einen großen Schatten über meinen Platz. Ab diesem Moment tat er das täglich nach der vierten Stunde und ich gewöhnte mich vergleichsweise schnell daran.

Anfangs wechselten wir tatsächlich kein Wort miteinander, sondern aßen bloß. Auf Koichis Vorschlag hin verlegten wir unser Mittagessen bei gutem Wetter auf das Schuldach.

Das Dach des neuen Gebäudes, in dem sich unser Klassenzimmer befand, war mit einem hohen Zaun abgesichert, sodass Schüler sich dort ohne Weiteres aufhalten durften. Pflanzen bekamen an dem Ort viel Licht ab, daher standen dort die Blumenkästen der Garten-AG aufgereiht. Ab und zu tauchten auch problematischere Cliquen auf: Einige trugen ihre Hosen so tief, dass die Unterwäsche hervorblickte, andere hatten braun gefärbte Haare. Mädchencliquen gab es auch, und ich sah häufiger eine Schülerin, die eine Gitarre bei sich trug. Ich vermutete, sie war aus einem älteren Jahrgang und Mitglied der Musik-AG.

Glücklicherweise gingen wir an eine gute Schule und viele Absolventen besuchten später renommierte Universitäten, deswegen waren selbst die Problemschüler noch vergleichsweise zahm. Und Koichi unterhielt sich mit allen von ihnen ganz normal.

Meistens aß ich in einer Ecke des Daches schweigend mein Brötchen, während Koichi neben mir über seine Lunchbox herfiel. Manchmal sang das Mädchen aus der Musik-AG. Sie saß ein Stück entfernt, weshalb ich ihre Musik nicht als störend empfand. Zwar war ihr Gitarrenspiel verbesserungswürdig, aber das ungewöhnliche Vibrato ihrer Stimme hatte etwas Besonderes. Die Melodie und der Text kamen mir oft bekannt vor. *Wer hat das noch mal gesungen? Courtney irgendwas ...* Mir wollte der Name nicht einfallen.

Koichis Lunchbox war immer mit Beilagen vollgestopft, meistens gehörten Omelett und Wiener Würstchen in Oktopus-Form dazu. Wenn man Wiener Würstchen an ihren Enden mehrfach einschneidet, gehen sie beim Kochen auseinander und bilden die Beine des »Oktopus«. Ob seine Mutter sie wohl immer so zubereitete?

Wir saßen schweigend nebeneinander und aßen unser Mittagessen. Nach ungefähr einem Monat bemerkte ich eine Veränderung. Die Wiener Würstchen sahen jetzt wie Krabben aus. Eine neue Kreation!

»Krabben?«

Das Wort war mir ganz leise herausgerutscht.

Koichi schaute mich mit weit aufgerissenen Augen an. Danach wurde er aus irgendeinem Grund knallrot. Seine Gesichtsfarbe änderte sich so rasch, dass ich bei dem Anblick erschrak.

»I...Ich weiß, sieht total kindisch aus.« Seine Stimme überschlug sich. Es war überhaupt nicht meine Absicht gewesen, dass er sich dafür schämte.

»Hm? Wo ist denn das Problem?«, entgegnete ich.

Koichi versteckte jedoch seine Lunchbox vor meinem Blick.

»Weißt du, ich hab zwei jüngere Geschwister. Eine Schwester und einen Bruder. Meine Schwester besucht die dritte Klasse der Grundschule. Und mein Bruder geht noch in den Kindergarten. Deswegen sieht meine Lunchbox so aus ...«, erklärte er unbeholfen.

Er war also der älteste von drei Geschwistern, und das mit einem ziemlichen Altersunterschied. So etwas in der Art hatte ich schon vermutet.

Koichi war rot bis über die Ohren und sah damit viel eher wie ein gekochter Oktopus aus als die Würstchen, die er sonst in seiner Lunchbox hatte.

»Bei Oktopus-Würstchen kann ich ja noch nachvollziehen, wie man die kocht. Aber Krabben? Kommt mir kompliziert vor.«

Ich richtete meinen Blick wieder nach vorne. Mittlerweile tat er mir etwas leid.

»Hä?«

»Ich habe mich nur gefragt, wie man die Würstchen dafür aufschneidet.«

»Ach so, du meinst die Zubereitung. So was beschäftigt dich also ...«

»Nein, es ist mir bloß aufgefallen.«

Koichi hatte sich wieder ein wenig beruhigt. Er klemmte eine Würstchen-Krabbe zwischen seine Stäbchen und hielt sie vor mein Gesicht, damit ich sie deutlich sehen konnte. Meiner Meinung nach unnötig, aber ich tat ihm den Gefallen und schaute sie mir an.

»Aha. Es wurde an beiden Enden eingeschnitten.«

»Genau. Ist gar nicht so schwer. Krieg selbst ich hin. Wichtig ist nur, dass die Würstchen eine rote Farbe haben, sonst sehen sie nicht wie Krabben aus ... Hier.«

»Hm?«

Meine Frage war geklärt, doch die Würstchen-Krabbe schwebte weiterhin vor meinen Augen. Sie sank ein wenig herab und hielt direkt vor meinem Mund.

»Hier«, wiederholte Koichi.

Soll ich das etwa essen? Von deinem Stäbchen? Die Würstchen-Krabbe, die deine Mutter für dich gemacht hat?

Ich weiß bis heute nicht, weshalb ich damals nicht abgelehnt hatte. Weder hatte ich am Mittagessen anderer Leute Interesse, noch erschien es mir hygienisch, von fremden Stäbchen zu essen. Und gefüttert werden wollte ich erst recht nicht.

Trotzdem öffnete ich meinen Mund. So als hätte jemand einen Schalter in mir umgelegt.

»Wie schmeckt's?«

Ich kaute das Würstchen und gab ein »Gut« von mir. Es

schmeckte wie jedes andere Wiener Würstchen auch: nicht übel, aber auch nicht außerordentlich lecker. Ganz normal halt. Dennoch fühlte es sich irgendwie besonders an, aber das behielt ich für mich.

Koichi akzeptierte meine Antwort und wandte sich wieder seinem Essen zu, und ich aß mein Yakisoba-Brötchen weiter.

Der frühsommerliche Wind trug erneut den Gesang der Schülerin zu uns. *Ich will bei dir sein für immer, immer, immer,* schrie sie. Es war ein Liebeslied und sie sang es, als würde es ihr Schmerzen bereiten.

Von dem Tag an redeten wir öfter miteinander. Wir fingen an, gemeinsam nach Hause zu gehen, weil Koichis Basketball-Training ungefähr zur selben Zeit endete wie meine Lernsessions in der Bibliothek. Irgendwann begannen wir, morgens zusammen zur Schule zu laufen. Anfangs war Koichi deswegen zurückhaltend, weil ich dafür früher aufstehen musste. Aber als ich ihm sagte, dass ich die leeren Züge am Morgen angenehm fand, lächelte er fröhlich und sagte: »Ach so, dann passt's ja.«

Ich erinnere mich nicht genau, wann er anfing, mich Mitsu zu nennen. Warum ich ihm diesen Spitznamen habe durchgehen lassen, kann ich mir nicht erklären.

Genauso wenig weiß ich, wann Koichi mein Freund wurde. Es muss noch vor dem Sommer gewesen sein, aber es gab dafür keinen direkten Auslöser, sondern es hatte sich einfach ergeben.

Über den Sommer bekamen wir Hausaufgaben auf, und Koichi lag mir die ganzen Ferien über in den Ohren, ihm dabei zu helfen. Wir trafen uns in der Bibliothek, in Fast-Food-Restaurants und ab und an auch bei mir zu Hause, um sie zu erledigen. Jedes Mal, wenn wir bei Koichi waren, lenkten seine Geschwister uns so sehr ab, dass wir nichts schafften.

Er und seine Familie waren auch die Einzigen, denen ich es durchgehen ließ, mich Mitsu zu nennen. Meine Eltern hatten mich nie bei diesem Spitznamen gerufen und meinen Klassenkameraden erlaubte ich es nicht. Doch im Hause Yamada war er ganz normal.

Es wurde Herbst, dann Winter, und dann wieder Frühling. An unserer Schule mischte man die Klassen nicht, deswegen begannen Koichi und ich das neue Schuljahr wieder gemeinsam. Anfangs hielten unsere Klassenkameraden uns für ein seltsames Duo, doch ihre Verwunderung legte sich mit der Zeit. Wir wurden ziemlich schnell als Einheit wahrgenommen und bei Gruppenprojekten nur selten getrennt.

Wenn ich so darüber nachdenke, war es vermutlich ich – oder mein Lebensstil und mein Verhalten den anderen gegenüber –, die sich geändert hatten. Es geschah nicht absichtlich, sondern unbewusst, fast beiläufig. In der Mittelschule verbrachte ich die Pausen damit, allein zu lesen, in der Oberschule war das plötzlich nicht mehr möglich. Koichi selbst hätte ich vielleicht noch ignorieren können, aber er war ständig in Begleitung anderer Klassenkameraden. Ich brachte es nicht über mich, ihm zu sagen, dass er mich nervte, also leistete ich ihnen Gesellschaft.

Dank meines zugänglicheren Images fragten Klassenkameraden mich, wenn sie den Schulstoff nicht verstanden. *Wieso ist das meine Aufgabe?*, wollte ich immer fragen, aber Koichi warf jedes Mal Kommentare wie »Die Stelle hab ich auch nicht kapiert!« ein, und ich spielte letztlich doch den Lehrer.

»Danke!«, »Deine Erklärungen sind total verständlich«, »Ohne dich hätte ich das nie kapiert!«, hieß es, nachdem ich ihre Fragen beantwortet hatte. So viel Lob und Aufmerksamkeit hatte ich in der Mittelschule nie bekommen.

Einmal prahlte Koichi damit, dass ich in 80 Prozent der Fälle korrekt voraussagen könne, was in den Tests drankam. Danach dauerte es nicht lange, bis sich vor jeder Abschlussprüfung eine Menschentraube um meinen Platz bildete.

»Ist das nicht der Wahnsinn? Mitsu ist echt unglaublich! Findet ihr nicht?«, sagte Koichi dann — obwohl seine eigenen Noten sich kaum besserten. Selbst wenn ich ihm Privatunterricht gab, schaute er, statt ins Lehrbuch, lieber gedankenverloren in mein Gesicht. Von seiner mangelnden Konzentration ganz zu schweigen.

Die viel Aufmerksamkeit machte mich nervös. Nicht zu wissen, was im Kopf meines Gegenübers vor sich ging, erschöpfte mich, deswegen war ich schon als Kind sehr verschlossen, hatte eine Mauer zwischen mir und den anderen gebaut. Koichi hatte sie mühelos niedergerissen. Wobei, »niedergerissen« ist vielleicht das falsche Wort. Er hatte eine Tür in meine Mauer gebaut. Eine ohne Schloss. Es hätte mir Angst machen sollen, aber Koichi stand immer wachend am Eingang. Ein freundlich lächelnder Torwächter, mit dem man es sich jedoch nicht verscherzen wollte.

Es gab einen Test, in dem nicht das abgefragt wurde, was ich vermutet hatte, und ein Klassenkamerad verlangte von mir, dafür geradezustehen. Noch bevor ich darauf reagieren konnte, stellte Koichi sich vor mich. Weder schrie er ihn an, noch drohte er ihm. Er türmte sich lediglich schweigend und ohne zu lächeln vor ihm auf. Mehr brauchte es nicht.

»Was bringt es denn, mich zu untersuchen? Ich bin tot. Ein lebender Toter«, sagte Koichi.

Er hatte sich seine Daunenjacke über den Sportanzug gezogen. Wir hatten ziemlich viel Mühe, die Blutflecken aus dem Stoff zu entfernen, aber glücklicherweise fielen sie auf dem dunklen Blau der Jacke nicht allzu sehr auf.

»Hör auf, ständig ›tot‹ zu sagen. Vor allem draußen«, rügte ich ihn leise, worauf Koichi die Achseln zuckte und »Okay« sagte.

Den ersten Schultag hatten wir irgendwie überstanden. Wie erwartet hatte einer der Lehrer Koichi auf seine Strickmütze angesprochen, doch unsere Idee mit dem kreisrunden Haarausfall funktionierte. Scheinbar hatte sich das im gesamten Lehrerzimmer herumgesprochen, denn ein anderer Lehrer hatte Koichi mit einem »Das wird schon wieder« ermutigt.

Die Mädchen der Klasse, angeführt von Ikumi, hatten Koichis blassen Teint so gut wie möglich mit Rouge kaschiert. Laut ihnen stammte das zarte Pink auf seinen Wangen aus dem neuesten Make-up-Sortiment.

»Nur weil du eine Leiche bist, heißt das nicht, dass du nicht untersucht werden musst«, sagte ich, während wir zum Bahnhof liefen. »Wenn es nach mir ginge, würde ich so tun, als wäre alles wie immer.«

»Wie meinst du das?«

»Die Natur folgt gewissen Gesetzen.«

»Klar.«

»Alle Lebewesen sterben irgendwann. Und dann ...«

Das nächste Wort wollte mir nicht über die Lippen kommen.

»Und dann was?«, wiederholte Koichi mit fragendem

Blick. Obwohl er an eine naturwissenschaftliche Uni gehen wollte, konnte man ihn mit Biologie jagen.

Nach ein paar Sekunden gab ich die Hoffnung auf, dass er selbst darauf kommen würde, und sagte: »Dann verwesen sie.«

»Aah.« Koichi nickte, als ginge es um jemand anders. Einen Augenblick später musste meine Aussage allerdings zu ihm durchgedrungen sein, denn er riss den Kopf zu mir herum und fragte nervös: »Was? Ich verfaule?! Es reicht nicht, dass ich eine Leiche bin. Wenn das noch dazukommt, wär das echt übel ...«

»Ich kann nicht mit Sicherheit sagen, was in deinem Fall passieren wird. Du widersprichst in jeglicher Hinsicht dem gesunden Menschenverstand.«

»Ich hoff, bei mir passiert so was nicht ...«

Deine Gefühle in allen Ehren, Koichi, aber würden verstorbene Lebewesen nicht verwesen, hätten wir ein Problem. Dieser Planet wäre in Windeseile mit Leichen übersät und es gäbe keinen Fleck mehr, den man betreten könnte. Alles Leben verwest, wird von Mikroorganismen zersetzt und so zum Nährboden für neues Leben. Das ist kein Prozess, der tabuisiert werden sollte. Nur, dass es in diesem Fall eben um jemanden ging, der trotz seines stillstehenden Herzens weiter die Schule besuchte.

»Lässt du mich von deinem Vater untersuchen?«

»Nein. Mein Vater darf dich nicht zu sehen bekommen. Selbst wenn er es nicht sofort den Medien stecken würde — ich bin mir sicher, dass er dich von Kopf bis Fuß durchchecken wollen würde. Und zum Schluss landest du dann in seinem neuen MRT.«

»Aber wer soll's dann machen?«

»Eine Person fällt mir ein, die wir um Hilfe bitte könnten.«

»Also jemand, der ein Geheimnis für sich behalten kann.«

Darauf antwortete ich nicht. Ich wusste nicht, wie verschwiegen die Ärztin war, aber in dem Fall machte das keinen Unterschied. Selbst wenn sie zum Plaudern neigte, hatte ich genug gegen sie in der Hand, um sie mundtot zu machen.

Wir fuhren zwei Stationen mit der Bahn, bevor wir im Allgemeinkrankenhaus meines Vaters ankamen. Neuerdings gab es Abteilungen, die bis sieben Uhr neue Patienten aufnahmen, weshalb der Eingangsbereich ziemlich voll war.

Als ich mich an der Rezeption nach der Ärztin erkundigte, die ich im Sinn hatte, erklärte mir eine Mitarbeiterin in bedauernswertem Ton: »Leider sind Doktor Kasumis Sprechzeiten für heute schon vorbei.«

Ambulante Behandlungen fanden anscheinend nur bis fünf Uhr statt.

»Ich bin nicht wegen einer Sprechstunde hier, sondern aus privaten Gründen ... Könnten Sie ihr bitte ausrichten, dass Mitsuru Ohmi sie sprechen möchte?«

Als die Mitarbeiterin meinen Namen hörte, lächelte sie freundlich und wählte sofort Doktor Kasumis Nummer. Einer der wenigen Momente, in denen es von Vorteil war, der Sohn des Krankenhausdirektors zu sein.

Scheinbar war Doktor Kasumi noch im Haus. Wir sollten zur Inneren Gastroenterologie im zweiten Stock gehen, erklärte die Rezeptionistin uns.

»Wer ist diese Doktor Kasumi?«

»Eine Internistin, die hier seit knapp fünf Jahren arbeitet.«

»Ach so. Dann kennst du sie bestimmt gut.«

»Nein, ich habe noch nie mit ihr gesprochen.«

Koichi gab einen erstickten Laut von sich.

Ich schenkte ihm keine Beachtung, ging einfach weiter den Flur entlang und nahm die Treppe statt des Aufzugs. Koichi wäre fast in den falschen Stock abgebogen, hätte ich ihn nicht gestoppt.

»Sorry. Was ist im ersten Stock?«

»Die Dermatologie, die HNO-Abteilung, und die Gynäkologie.«

»Okay ...«

Im zweiten Stock befanden sich unter anderem die Innere Gastroenterologie, die Radiologie und die Physiologie. Nachts fanden in der Etage keine Untersuchungen statt. Menschen begegnete man zu dieser Zeit fast nie und der Getränkeautomat in der Ecke des Empfangsbereichs leuchtete merkwürdig grell. Es ließ das Gebäude unheimlich und düster wirken.

Die Innere Gastroenterologie war die einzige Abteilung, in der noch Licht brannte. Ich überlegte kurz, ob ich allein vorgehen und die Situation erklären sollte, entschied mich letztlich aber, gemeinsam mit Koichi einzutreten. Keine Erklärung der Welt hätte eine Ärztin von der Existenz eines lebenden Toten überzeugen können.

Auf mein Klopfen folgte ein »Herein«. Ich ging vor. Doktor Kasumi stand von ihrem Stuhl auf. Sie musste Mitte dreißig sein, war zierlich, trug einen Kurzhaarschnitt, einen cremefarbenen Rollkragenpullover und dazu eine graue Hose. Ihren Ärztekittel hatte sie im Augenblick nicht an. Ich hatte sie noch nie aus der Nähe gesehen, aber am besten traf wohl »unschuldig hübsch« als Beschreibung auf sie zu.

Als sie mich sah, grüßte sie mich, ohne zu lächeln. Ihre Anspannung war deutlich zu spüren. Ich grüßte zurück. Koichi machte eine leichte Verbeugung.

»Dein Vater leistet wirklich beeindruckende Arbeit als Krankenhausdirektor«, sagte sie höflich.

»Das freut mich«, erwiderte ich trocken.

Sie hatte wohl angenommen, ich käme allein, denn im Sprechzimmer stand nur ein Besucherstuhl. Sie suchte nervös nach einem weiteren Stuhl, bis ich sie aufhielt und Koichi bedeutete, sich hinzusetzen. Ich stellte mich hinter ihn, den Blick fest auf Doktor Kasumi gerichtet.

»Bist du ein Freund von Mitsuru?«

»Ja, ich heiße Koichi!«

Bei seinem freundlichen Lächeln beruhigte die Ärztin sich sichtlich.

»Ich möchte, dass Sie ihn untersuchen.« Ich senkte den Kopf, um Koichi anzusehen, und ergänzte: »Vertraulich.«

Einen Moment lang schwieg sie, unschlüssig, ob sie meiner Bitte nachgehen wollte.

»Es geht also um etwas, das ihr nicht in einer regulären Sprechstunde untersuchen lassen könnt?«

»Genau. Sie sind die Einzige, die mir diese Bitte nicht ausschlagen kann.«

»Mitsuru, verstehe ich dich richtig?«

»Ja. Das ist quasi eine Drohung.«

Verwundert drehte Koichi sich zu mir um. Mit einem flüchtigen, scharfen Blick gab ich ihm zu verstehen, dass er den Mund halten sollte.

»Keine Angst, ich werde Sie nicht ständig um Sachen bitten. Ich bin nur hergekommen, weil ich mir sonst nicht anders zu helfen weiß. Es ist nichts Kriminelles, falls Ihnen das Sorge bereitet.«

Von der Verwicklung in den Verkehrsunfall abgesehen, aber das brauchte sie nicht zu wissen.

»Die Umstände sind mir egal. Als Ärztin ist es meine Pflicht, Verletzte und Kranke zu untersuchen. Ich werde ihn mir anschauen.«

Sie hatte ihre Entscheidung gefällt. Gut. Auch wenn ihr hochtrabendes Gerede von ärztlichen Pflichten mich aufregte.

»Ja. Ist für Sie vermutlich besser so«, erwiderte ich.

Doktor Kasumi wandte sich Koichi zu.

»Du bist blass im Gesicht.«

»Ja, genau«, sagte er ernst und nickte.

»Folgendes ist passiert ...«

Ich stand hinter Koichi, als sei ich sein Vormund, und erzählte kurz und knapp, was sich seit heute Morgen abgespielt hatte: Koichis Zusammenprall mit dem LKW, die Delle an seinem Schädel, sein Herzstillstand, die Wunde an seinem Oberschenkel und meine Vermutung, dass etwas mit seinen Organen nicht stimmen könnte.

Anfangs hörte Doktor Kasumi mir noch aufmerksam zu, doch je mehr ich erzählte, desto größer wurde die Verärgerung, die sich in ihrem Gesicht breitmachte. Trotzdem wartete sie, bis ich zu Ende erzählt hatte.

»Daraus schließe ich, dass er ein lebender Toter ist.«

»Mitsuru. Das ist nicht lustig.«

»Schauen Sie es sich selbst an, bevor ich mir den Mund fusselig rede. Koichi, nimm deine Mütze ab.«

»Okay.«

Doktor Kasumi schaute sich die Eindellung genau an.

»Nur eine Seite ist betroffen ... Hast du die Vertiefung von Geburt an?«, fragte sie Koichi argwöhnisch.

»Nein. Bei meiner Geburt war alles normal.«

»Ist das getrocknetes Blut in deinen Haaren? Für einen Streich geht das wirklich zu weit.«

»Das ist kein Streich. Mir kommt das Ganze ja selbst wie ein seltsamer Traum vor ... Könnten Sie sich bitte auch mein Herz ansehen?«

Koichi öffnete den Reißverschluss seines Sportanzugs. Doktor Kasumi runzelte die Stirn und verkniff sich mühsam ein »Nun reicht es aber!«. Ihr Missmut hielt so lange an, bis Koichi sein Unterhemd hochgekrempelt hatte und sie die Blutergüsse auf seinem Oberkörper sah. Sie nahm ihr Stethoskop zur Hand und begann, sein Herz abzuhören, wanderte mit dem Bruststück des Geräts über seinen Oberkörper, zog es wieder weg und verzog den Mund skeptisch. Sie nahm das Stethoskop ab, legte es wieder an und als sie Koichi ein weiteres Mal abhörte, bildeten sich Falten auf ihrer Stirn.

»Sie können nichts hören, hab ich recht?«

»Das ist unmöglich ... Atme einmal ganz tief ein.«

Koichi folgte ihrer Anweisung.

»Ich kann seinen linken Lungenflügel nicht hören ... Nein, das Hauptproblem ist sein Herz ... Was geht hier vor?«

Ruckartig hob sie den Kopf. Sie nahm Koichis Handgelenk und versuchte, seinen Puls zu ertasten. Ohne Herzschlag gab es auch keinen Puls, das musste man ihr nicht erklären. Doch vermutlich konnte sie nicht anders, als sich selbst davon zu überzeugen.

»I...Ich muss ...« Ihre Stimme überschlug sich. »Ich muss ihn gründlich untersuchen.«

Gesagt, getan. Sie hörte und tastete Koichi ab, und maß seinen Blutdruck. Für eine Blutuntersuchung bekam sie mit der Spritze nicht genügend Blut zusammen. Am liebsten hätte sie auch ein CT und MRT gemacht, aber die Räume, in denen sich die Computertomographen, beziehungsweise die Magnetresonanztomographen befanden, waren bereits geschlossen. Ihr blieb nichts anderes übrig, als ein Röntgenbild zu machen und das genau zu überprüfen.

»E...Er ist ... tot ...«

»Ja ... Da gibt's wohl nichts zu beschönigen ...«

»Nicht nur das ... Er hat kritische Verletzungen.«

Im Schock war ihr wohl jegliche Logik abhanden gekommen. Die Verletzungen hatten zum Tode geführt. »Kritisch« waren Verletzungen nur dann, wenn man noch lebte.

Doktor Kasumi zeigte uns das Röntgenbild und begann zu erklären: »Das hier ist der Schädel. Und hier seht ihr die eingedellte Stelle. Die Halswirbel befinden sich ebenfalls in einem schlimmen Zustand. Sein Halsrückenmark hat eine fatale Verletzung erlitten. Eigentlich sollte seine Wirbelsäule den Kopf nicht mehr tragen können. Was seine Brust betrifft, von seinen sternalen Rippen auf der linken Seite sind die dritte und die vierte gebrochen. Die linke Kniescheibe und das linke Schienbein über dem Fußgelenk sind auch gebrochen. Bei der Platzwunde am Oberschenkel ist der Knochen unversehrt geblieben. Wer hat das genäht?«

Ihre Stimme wurde immer schwächer und ihr Blick glitt in die Ferne. In ihrem Kopf kollidierten ihr medizinisches Fachwissen mit der völlig bizarren Situation vor ihren Augen.

»Äh, das war Mitsu.«

»Oh ... Möchtest du mal Arzt werden, Mitsuru?«

»Auf keinen Fall. Die Wahrscheinlichkeit, als Arzt noch die eigene Familie glücklich machen zu können, ist verschwindend gering.«

Ihr Gesicht versteinerte. Ich hatte es übertrieben – es war nicht der richtige Zeitpunkt, um ihr beißende Bemerkungen an den Kopf zu werfen.

»Also, konnten Sie sich hinreichend überzeugen, dass Koichi ein lebender Toter ist?«

»Da sein Herz nicht mehr schlägt, ist er aus medizinischer Sicht tot. Daran besteht kein Zweifel. Trotzdem kann er ... ich meine, Koichi, trotzdem kann Koichi sich bewegen. Warum?«

»Keine Ahnung«, antwortete Koichi unbekümmert.

»Natürlich, wie auch ...?«, nickte Doktor Kasumi.

Mit einem Seufzer fasste sie sich an die Schläfen und ließ sich auf ihren Stuhl fallen. Die Rückenlehne knarzte.

»Ist das ein Traum? Träume ich gerade, dass der Sohn des Direktors einen Zombie zu mir gebracht hat? Ist mein schlechtes Gewissen der Grund dafür?«

»Das ist kein Traum. Reißen Sie sich bitte zusammen.«

»Was erwartest du von mir? Als Ärztin tue ich alles, was in meiner Macht steht, um Leben zu retten. Aber bei einem Toten sind mir die Hände gebunden. Ich kann ihn nicht mehr retten. Er ist tot.«

»Deswegen bin ich auch nicht hergekommen«, erwiderte ich barsch. »Ich weiß selbst, dass Sie sein Herz nicht wieder zum Schlagen bringen können. Meine Sorge ist, dass er verwest.«

Doktor Kasumi weitete die Augen. »Aber natürlich, das ist selbst im Winter ein Problem ... Du kannst deinen Freund ja nicht einfach verwesen lassen.«

»Genau, ich will nicht verwesen! Darauf kann ich echt verzichten!«, sagte Koichi eindringlich. Was für eine grausige Vorstellung, den eigenen Körper bei vollem Bewusstsein verfallen zu sehen.

»Bei einem normalen Leichnam hätte der Verwesungsprozess schon eingesetzt, aber bei dir ...« Doktor Kasumi schlug einen sanften Ton an und schaute Koichi an. »Verzeih mir, ich wollte dir keine Angst machen. Ich denke, du bist dir selbst darüber im Klaren, dass dein Zustand nicht normal ist. Die Situation ist vollkommen unerklärlich. Ich bin genauso verwirrt wie du. Auch dass du atmest – das sollte nicht mehr nötig sein.«

»Aber ...« Koichi fuhr sich über die Brust. »Ich hab Angst, dass ich sonst keine Luft bekomme.«

Obwohl sein Körper mit Wunden übersät war, spürte er keine Schmerzen. Trotzdem hatte er Angst zu ersticken. Ein weiteres Mysterium.

»Wenn ich nicht atme, sterbe ich ... Naja, eigentlich bin ich schon tot. Aber ich fühl mich nicht anders als sonst. Deswegen.«

»Das ist der springende Punkt«, warf Doktor Kasumi ein. »Für einen Toten bist du viel zu lebendig. Du bist blass im Gesicht, aber Totenflecke sehe ich keine und deine Pupillen sind nicht geweitet. Ich habe nirgendwo an deinem Körper Zeichen von Verwesung feststellen können. Wir haben zwar Winter, aber drinnen sind die Heizungen an. Die Verwesung sollte schon begonnen haben ...«

»Würde es helfen, wenn ich Konservierungsmittel zu mir nehme?«

Ich war mir nicht sicher, ob Koichi diese Frage ernst gemeint hatte, doch Doktor Kasumi gab ihm eine ehrliche Antwort.

»Auf keinen Fall. Um die Verwesung zu stoppen, könnte man es höchstens mit Einbalsamierung versuchen. Dabei werden Körperflüssigkeiten gegen fäulnishemmende Substanzen ausgetauscht ...«

Koichi verzog das Gesicht. Womöglich überlegte er, ob es

dem Verfaulen nicht eventuell vorzuziehen sei. »Äh ... Also, ich glaub ... darauf verzichte ich lieber ...«

Mir war Gedanke, dass jemand ihm weitere Verletzungen zufügen könnte, zuwider.

»Vielleicht ist das gar nicht nötig. Ich habe den Eindruck, dass Koichis Körper sich dem Lauf der Zeit widersetzt.«

»Dem Lauf der Zeit?«

»Genau.« Doktor Kasumi schaute abwechselnd zu Koichi und zu mir. »Normalerweise vereitern Wunden nach einiger Zeit und der Verwesungsprozess setzt ein, angefangen bei den inneren Organen. Da sein Herz nicht mehr schlägt, sollte sich sein Blut in den Füßen stauen und zu Schwellungen führen. Nichts dergleichen trifft auf ihn zu, will ich damit sagen.«

»Beweisen kann ich diese Vermutung natürlich nicht«, fuhr sie fort. »Aber ich glaube, dass sein Körper sich noch im selben Zustand befindet wie zum Zeitpunkt seines Todes. In einem Ruhezustand ... Als hätte jemand seine Zeit angehalten.«

Als sie zu Ende gesprochen hatte, schloss sie die Augen, öffnete sie ein paar Sekunden später wieder und sah Koichi ins Gesicht.

»Er ist immer noch da. Das war also kein Traum ...«, murmelte sie. Kraftlos ließ sie die Schultern hängen und schaute mich hilfesuchend an. Dabei hatte ich doch selbst nicht den blassesten Schimmer. Ich wusste nur eines: Ich musste Koichi beschützen.

»Haben Sie eine Vorstellung, was von jetzt an mit Koichis Körper passieren wird?«

»Nein. Ich habe nicht die leiseste Ahnung. Persönlich wäre es mir am liebsten, ich würde gleich in meinem Bett aufwachen und könnte das alles mit einem Lachen als einen schlechten Traum abtun ... Ich kann kaum glauben, dass ich noch nicht geschrien habe. Seine Existenz stellt alles auf den Kopf, was ich als Ärztin gelernt habe ...«

»Sie lassen es klingen, als wäre das Koichis Schuld.«

»Entschuldige. Ich wollte ihm keine Vorwürfe machen. Mir ist das nur alles etwas zu viel geworden ...«

Ihr war die Farbe aus dem Gesicht gewichen. Sie war nun genauso blass wie Koichi und ihre Hände zitterten.

»Mitsu. Wir gehen besser.«

Koichi war aufgestanden. Er hielt die unangenehme Spannung wohl nicht länger aus.

»Ja. Du hast recht. Wir müssen uns fürs Erste keine Sorgen machen, dass du verwest ... Doktor Kasumi, bitte bewahren Sie Stillschweigen über diese Angelegenheit. Selbstverständlich auch meinem Vater gegenüber.«

»Keine Sorge, ich werde kein Wort darüber verlieren. Und selbst wenn ich etwas sagen sollte, würde man mir sowieso nur nahelegen, mich in psychiatrische Behandlung zu begeben.«

Da hatte sie auch wieder recht.

»Vielen Dank für Ihre Zeit«, sagte ich kurz angebunden und öffnete die Tür des Sprechzimmers. Koichi verbeugte sich leicht und ging vor mir heraus.

»Mitsuru«, hielt Doktor Kasumi mich auf.

Sie saß immer noch auf ihrem Stuhl, an dessen Armlehne sie sich klammerte. Fast wirkte es, als versuchte sie, auf diese Weise die Kontrolle über ihre Gefühle zu behalten.

»Hast du ... denn gar keine Angst?«

Ihre Frage verwunderte mich. Wiese sollte ich vor Koichi Angst haben? Koichi war Koichi, egal ob tot oder lebendig. Doch in Doktor Kasumis bleichem Gesicht sah man ihre Verwirrung, Ratlosigkeit und einen Hauch von Angst.

Koichi machte ihr also Angst. Wie ein Geist? Oder ein Zombie? Oder war er für sie etwas noch Schlimmeres?

»Nein, habe ich nicht.«

»Verstehe ...«, antwortete sie geistesabwesend.

Ich verbeugte mich noch einmal, bevor ich das Sprechzimmer verließ und die Tür hinter mir zuzog.

Koichi hatte mir bis jetzt nur ein einziges Mal Angst gemacht. Das war während des letzten Sommers gewesen. Wir hatten uns zu einem Campingplatz am Meer aufgemacht, nur wir zwei. Es war keine große Reise gewesen: Unser Ziel war die Nachbarpräfektur Kanagawa und wir blieben nur für eine Nacht. Koichi hatte den Campingplatz schon häufiger mit seiner Familie besucht; im Gegensatz zu uns waren sie allerdings immer mit dem Auto gefahren.

»Aber man erreicht ihn auch mit Bus und Bahn.«

Koichi hatte mich unbedingt für diesen Ausflug gewinnen wollen.

»Das macht echt Spaß, abends können wir grillen. Campingzeug bekommst du von mir, ich kann dir sogar ein Zelt leihen. Toiletten gibt es auch. Ich kenn diesen Platz wie meine Westentasche. Du brauchst dir echt keine Sorgen zu machen!«

Ehrlich gesagt, hatte ich keine Lust darauf gehabt, denn zu diesem Zeitpunkt war ich mir meiner Gefühle Koichi gegenüber bereits bewusst gewesen.

Seit meiner Geburt habe ich an Mädchen kein Interesse, vor allem in sexueller Hinsicht. Zuerst hatte ich angenommen, dass mich so etwas generell nicht reizte. Was sich als falsch herausstellte, nachdem mir die Wahrheit bewusst geworden war: Ich stand auf Männer.

Als mir meine Gefühle für Koichi aufgefallen waren, war ich am Boden zerstört. Ich hatte mich schuldig gefühlt, weil er mir gegenüber bis dahin vollkommen unbefangen gewesen war, und ich hatte befürchtet, dass er sich von mir distanzieren würde, sobald er bemerkte, was in mir vor sich ging. Nicht, dass ich geglaubt hatte, Koichi würde homophobe Bemerkungen machen. Wenn es jemanden gab, der tolerant war und dem die Rechte von Minderheiten wichtig waren, dann war er es. Wahrscheinlich würde er sich noch dafür bei mir entschuldigen, nicht selbst schwul zu sein.

Doch allein die Vorstellung hatte in mir Verzweiflung ausgelöst. Es wäre nicht nur eine Abfuhr gewesen, sondern auch das Ende meiner ersten richtigen Freundschaft. Also hatte ich den Entschluss gefasst, meine Gefühle tief in meinem Herzen zu verschließen. Das war keine leichte Aufgabe, doch war es besser, als Koichi für immer als Freund zu verlieren.

In Sachen Selbstbeherrschung konnte mir so schnell niemand etwas vormachen. Das war das Ergebnis jahrelanger Übung, sowohl in der Schule als auch zu Hause.

Doch bei dem Gedanken, diesen Sommer auf einem Campingplatz am Meer mit Koichi in einem Zelt zu übernachten, hatte mich meine Zuversicht verlassen. Nur hatte ich mich beim Anblick seines Lächelns auch nicht dazu durchringen können, abzusagen. Ich hatte gedanklich mit zig Ausreden gespielt – eine Krankheit simulieren oder die plötzliche Beerdigung eines entfernten Verwandten ... Letztlich hatte ich von ihnen jedoch keinen Gebrauch gemacht.

In Wahrheit hatte ich Koichi nämlich begleiten wollen, obwohl ich es nicht hätte wollen dürfen. Unzählige Male war

mir durch den Kopf gegangen, dass ich nicht mitgehen sollte, aber so oft ich mich davon auch überzeugen wollte, nach
einigem Kopfzerbrechen gab ich ihm meine Zusage.

Koichi war bester Laune. Selbst sein knallbunt gemuster-
tes T-Shirt hatte das geschrien. Er war voll bepackt – mit
seinem eigenen Gepäck und meinem – hatte irgendwo einen
Strohhut aufgetrieben, wie ihn Kinder auf dem Land trugen.
Aber statt ihn selbst zu tragen, hatte er ihn mit einem Lachen
mir aufgesetzt.

»Steht dir gut.«

Wir waren mit dem Zug gefahren, nur wir zwei. Hatten
den Bus genommen, nur wir zwei. Und dann waren wir zu
Fuß weitergegangen, bis das Meer sich langsam zeigte.

Die Meeresluft hatte uns umhüllt, und ich wusste genau,
dass ich mich bereits am Limit meiner Selbstbeherrschung
befand. Auf keinen Fall wollte ich mich zu sehr gehen lassen
oder mich ihm gegenüber seltsam verhalten. Ich dachte, das
Beste wäre, mich etwas mürrischer als sonst zu geben, obwohl ich insgeheim Spaß hatte. Und das von einer Person,
die am liebsten in ihrem Zimmer saß und Fernreisen, Bus-
fahrten und dem sommerlichen Meer nichts abgewinnen
konnte.

Das Wetter hatte sich im Laufe des Tages meiner aufge-
setzten, miesen Laune angepasst. Nachmittags hatte es angefangen zu regnen – das schlimmste Wetter für einen Campingausflug. Wir hatten unser Barbecue unterbrochen und
uns Instantnudeln in der überdachten Gemeinschaftsküche
kochen müssen. Die Temperaturen waren weiter gesunken,
im Zelt war es eisig kalt, und weil es regnete, hatten wir nicht
einmal ein Lagerfeuer machen können. Trotzdem hatte ich
mich nicht beschwert. Nicht, solange ich Koichi bei mir hatte.

Er hatte sich ständig wegen des Regens und der Kälte bei mir entschuldigt und ich war mit jeder weiteren Entschuldigung genervter geworden.

»Schon gut. Ist ja nicht so, als könntest du das Wetter beherrschen.«

»Aber ...«

»Hör auf. Deine Entschuldigungen gehen mir auf die Nerven.«

Mein eigener Ärger hatte mich noch zusätzlich gereizt, bis ich mich mit einem zornigen »Ach, verdammt« von Koichi abwandte. Ich verlor nur selten die Ruhe, aber der Regen war laut auf das Zelt eingeprasselt und Koichi hatte so dicht neben mir gesessen, dass ich ihn riechen konnte. Es war mir mit einem Mal zu viel geworden.

»Eigentlich wolltest du gar nicht mitkommen, oder?«, hatte Koichi geflüstert. Seine Stimme war tiefer gewesen als gewöhnlich.

»Das habe ich nicht gesagt!«

»Musst du auch nicht. Ich seh's doch an deinem Verhalten. Sorry, dass ich dich mitgeschleppt hab. Das Ganze hat wohl nur mir Spaß gemacht!«

»Unsinn ...«

»Ich hatte einen Riesenspaß, während du miesgelaunt warst!«

»Das stimmt nicht! Hör mir doch zu!«

Ich hatte mich wieder zu ihm umgedreht. Und kaum hatte ich ihm ins Gesicht geschaut, schrie er mich an.

»Immer muss alles von mir ausgehen!«

Vor Schreck war ich zusammengezuckt und verstummt.

»Jedes verdammte Mal! Immer muss ich die Initiative ergreifen! Beim Karaoke, beim Einkaufen oder wenn wir zocken! Nie kommt was von dir! Du ziehst bloß mit und sagst mir einfach nicht, wenn du keinen Bock hast!«

Nein, das ist nicht wahr. Ich hatte auf all das Lust gehabt: auf Karaoke, Einkaufen und Zocken. Aber ich war feige gewesen und hatte jedes Mal darauf gewartet, dass Koichi einen Vorschlag machte. Manchmal hatte ich versuchte, ihn dazu zu bringen, etwas vorzuschlagen, aber die Einladungen waren nie von mir gekommen. Ich hatte zu viel Angst gehabt, dass er mir eine Absage erteilen würde.

»Jedes verdammte Mal! Immer muss ich den Anfang machen! Dann mach doch den Mund auf, wenn du keinen Bock hast! Es zwingt dich doch keiner!«

Koichis wütende Stimme hatte den heftig prasselnden Regen übertönt und in meinem Trommelfell vibriert. Ich wurde selten laut, aber bei Koichi war das noch viel unüblicher. Vor Angst war ich völlig versteinert und hatte kein Wort herausgebracht.

»Hättest du mir was gesagt, dann hätt ich Ruhe gegeben! So aufdringlich bin ich nicht! Das ist nicht fair von dir! Immer tust du, als bräuchtest du keine Freunde und wärst lieber allein. Du hältst alle auf Abstand. Nur mich schaust du manchmal anders an, als wär ich der Einzige, den du okay findest. Auch wie du mit mir redest ... Hör auf damit! Was soll das?!«

Meine Worte geben Koichi also das Gefühl, dass er für mich etwas Besonderes ist. Das war mir nicht bewusst gewesen. Aber gerade in meiner Unwissenheit waren meine Gefühle wohl zum Vorschein gekommen.

»Ich kapier's echt nicht! Das macht mich stinksauer! Wie kannst du so mit meinen Gefühlen spielen ... Mitsu?«

Mit einem Mal hatte er sich beruhigt.

»Alles okay?«

Von jetzt auf gleich klang Koichi wieder wie immer. Überrascht und nervös sah er mich an – kein Wunder, immerhin hatte ich angefangen zu weinen. Mein Körper war zu Eis erstarrt, nur meine Lippen und meine Wimpern zuckten, während mir dicke Tränen über das Gesicht liefen. Warum? Welcher Oberschüler würde wegen so einer Streiterei gleich anfangen zu heulen? Ich hatte es selbst nicht fassen können und mich in Grund und Boden geschämt.

So viel zu meinem kühlen Image. In dem Moment spielte das keine Rolle mehr. Meine Tränen wollten nicht versiegen und mir blieb nichts weiter übrig, als sie laufen zu lassen. Ich war überstürzt und komplett durcheinander aus dem Zelt gesprungen und hatte Koichi zurückgelassen. Barfuß war ich Richtung Dunkelheit gelaufen, dorthin, wo keine Zelte aufgeschlagen waren. Meine Tränen waren mit dem Regen verschwommen.

Koichi folgte mir sofort. Ebenfalls barfuß, aber immerhin hatte er an seine Taschenlampe gedacht, um mich schneller zu finden. Ohne Lagerfeuer und Barbecues war es auf dem Campingplatz stockfinster.

»Mitsu.«

Koichi war hinter mir zum Stehen gekommen.

»Mitsu, tut mir leid.«

Schon wieder. Schon wieder entschuldigte er sich sofort bei mir – obwohl er selbst überhaupt keine Schuld trug. Deswegen nahm ich mir ihm gegenüber auch so viel heraus. Er machte es mir leicht, die Schuld von mir zu schieben.

»Warum musst du auch so groß sein?!«, sagte ich.

»Hä, was?«

»Hast du eine Ahnung, wie sehr einen das einschüchtert, wenn man von so einem großen Typen angeschrien wird? Da würde sich jeder erschrecken!«

Meine weinerliche Stimme war mir peinlich. Keine Ahnung, wann ich davor das letzte Mal geheult hatte. In meiner Grundschulzeit vielleicht, als mein Streifenhörnchen weggelaufen war.

»Oh ... Sorry ... Ich wollte dir keine Angst machen ...«

Ja, ich hatte Angst gehabt. So richtige Angst. Aber nicht, weil Koichi mich angeschrien hatte. Nein, ich hatte Angst davor, von ihm gehasst zu werden.

»Nur, damit das klar ist: Ich hatte nichts gegen diesen Ausflug!«

»Okay. Verstanden.«

»Und auch nichts gegen Karaoke oder Zocken. Ich hatte darauf genauso Lust wie du!«

»Im Ernst? Oh man, da fällt mir echt ein Stein vom Herzen. Gott sei Dank ...«

Koichi war mir näher gekommen, aber nicht vor mich getreten. Er hatte verstanden, dass ich nicht wollte, dass er meine Tränen sah.

»Gott sei Dank ...«, wiederholte er.

»Für mich bist du etwas Besonderes ...«

Es war die Wahrheit. Koichi war ein besonderer Freund, mein bester Freund – so hatte er es zumindest verstehen sollen.

Zu dem Zeitpunkt waren meine Gefühle ein einziges Chaos und ich alles andere als gefasst. Mitten in der Nacht, im strömenden Regen, nachdem ich vor ihm in Tränen ausgebrochen war.

»Du bist für mich auch besonders.«

Ich war mir sicher, mich verhört zu haben und hatte mich Koichi zugewandt.

»Was ich damit sagen will: Du bist meine Nummer eins, Mitsu. Ich mag dich mehr als alle anderen.«

Hatte das ständige Regenprasseln dafür gesorgt, dass meine Ohren mir einen Streich spielten? Koichi war pitschnass und sah mich mit verlegenem Lächeln an.

»Ich denk ständig, wie schön es wär, wenn ich das auch für dich wär. Ich weiß, dass das nicht der Fall ist, aber trotzdem ...«

»Doch, ist es.«

Die Worte waren mir einfach aus dem Mund gerutscht, ganz unbeabsichtigt, als hätten sie mir schon hundert Jahre auf der Zunge gebrannt. Sie hatten sich beängstigend natürlich angefühlt.

Koichi war, falls das überhaupt möglich war, noch erstaunter als ich. Seine Taschenlampe war zu Boden gefallen und das Licht beleuchtete meine nackten Füße.

»Du bist meine Nummer eins, Koichi.«

Drei Schritte stand er von mir entfernt und flüsterte: »Du lügst doch.«

Mein Puls schnellte vor Wut sofort wieder in die Höhe. *Als würde ich in so einer Situation lügen, Blödmann!*

Koichi war noch näher getreten, bis ich in der Dunkelheit sein Gesicht hatte erkennen können, sein Blick unverwandt auf mich gerichtet. Wegen unseres Größenunterschied hatte er den Kopf leicht senken müssen und von seinem Gesicht und seinen Haaren tropfte Regen.

»Meinst du das wirklich ernst?«

»Ja.«

»Du bist auch meine Nummer eins, Mitsu.«

»Du wiederholst dich.«

»Das heißt, wir empfinden dasselbe, oder?«

Ich war nicht in der Lage, ihm sofort zu antworten. *Ist das wirklich möglich? Kann das Leben es so gut mit mir meinen?*

»Meinst du echt?«, hatte ich ungläubig gefragt.

»Ja«, war Koichis ernste Antwort. Er unterstrich sie noch mit einem Nicken.

Und so war er passiert: unser erster Kuss im Regen. Wir waren beide unfassbar nervös.

Auf dem Rückweg vom Krankenhaus wechselten wir kein Wort miteinander. Als wir bei mir zu Hause ankamen, war es bereits nach zehn. Auf dem Anrufbeantworter war eine kurze Nachricht von meinem Vater. Er würde heute nicht nach Hause kommen. Das war alles andere als ein Ausnahmefall und gerade heute kam es mir äußerst gelegen.

Koichi rief bei seiner Familie an und fragte um Erlaubnis, bei mir übernachten zu dürfen. Ich sprach auch kurz mit seiner Mutter, die sich bei mir bedankte, dass ich Koichi ein guter Freund war.

»Hast du Hunger, Koichi?«

»Nein, ich brauch nichts.«

Der Kühlschrank war bis auf die Beilagen, die die Haushälterin zubereitet hatte, leer. Mir reichte das als Abendessen. Koichi dagegen aß gar nichts. Hatte er zum Mittag schon nicht. Weil er keinen Hunger habe, erklärte er, und dass er nur etwas Wasser brauche, damit sein Mund nicht austrockne.

Nachdem ich gegessen hatte, nahm ich ein Bad, das ich zum Nachdenken nutzte. Leichen brauchen weder organische Substanzen noch Wasser. Wir Menschen nehmen Essen zu uns, um Energie aufzunehmen. Diese benötigen wir, um uns zu bewegen und unsere Lebensfunktionen aufrechtzuerhalten. Selbst wenn wir ruhig liegen, verbrauchen wir einen Grundbedarf an Kalorien. Wie nahm Koichi also Energie auf? Wieso konnte er sich bewegen, sprechen und denken? Dass er seine Energie nicht durch den Citratzyklus gewann, war eindeutig. Mit den Begriffen der Biologie ließ sich das nicht erklären. Es musste sich um etwas handeln, dass das menschliche Wissen überstieg. Mir kam das Wort »Gott« in den Sinn, aber ich verwarf es wieder. Ähnlich wie »Wunder« war das nur eine Antwort, wenn man nicht länger nachdenken wollte.

In gewisser Weise konnte ich mittlerweile verstehen, warum manche nicht ohne diese Worte auskamen. Es war erschöpfend, endlos über etwas nachzugrübeln, für das sich einfach keine Erklärung finden ließ.

Ich stieg aus der Wanne und ging, die Haare auf dem Weg mit einem Handtuch trocknend, zurück zu Koichi. Er stand am Fenster, schaute nach draußen, wo es wieder angefangen hatte zu schneien. Obwohl man im Stadtzentrum davon nichts mitbekam, schneite es in dieser Gegend häufig.

Wir schauten zu, wie die weißen Flocken leise in der Dunkelheit fielen. Es erinnerte mich an den gemeinsamen Skiurlaub mit Koichis Familie, den wir in den Winterferien gemacht hatten. Es waren Tage gewesen, in denen es immer etwas zu lachen gaben. Koichis Eltern hatten mich wie ihren eigenen Sohn behandelt und für seine kleinen Geschwister war ich sozusagen zu ihrem zweiten großen Bruder geworden. Beim Spielen rannten sie ohne jegliche Hemmungen in mich hinein.

»Der bleibt sicher nicht liegen.«

»Ja«, antwortete Koichi knapp, den Blick weiter nach draußen gerichtet. Er wirkte leicht abwesend.

»Koichi, willst du ein Bad nehmen?«

»Nein, passt schon.«

»Aber an dir klebt doch noch Blut. Du solltest dir besser die Haare waschen.«

»Ich hab Angst, dass mein Körper anfängt zu verfaulen und sich aufzulösen, sobald ich in heißes Wasser steige.«

»Mach dir keine Sorgen. Selbst in beheizten Räumen gab es bisher keine Probleme«, sagte ich, während ich mir mit dem Handtuch über den Kopf rieb. Hinter meinen Schläfen pochte es ungemütlich. Eigentlich hätte ich von dem Tag ziemlich erschöpft sein sollen, aber ich war zu aufgekratzt, um die Müdigkeit zu spüren.

Koichi stand regungslos da und antwortete mir nicht.

»Hallo? Koichi?«

Er machte ein trauriges Gesicht.

»Was hast du denn? Heute Mittag warst du doch noch okay.«

»War ich nicht wirklich ... Ich wusste einfach nicht, was mit mir passiert ist. Ich war total verwirrt.«

»Mir geht's doch genauso. Ich blicke immer noch nicht durch.«

Mit Koichi aus nächster Nähe zu sprechen, war anstrengend. Ich musste meinen Kopf immer weit in den Nacken legen.

»Mitsu. Diese Ärztin hatte dich doch was gefragt ... Hast du echt keine Angst vor mir?«

»Hä? Das ist doch Qu... Hatschi!«

Ein Niesen unterbrach mich. Mein Körper konnte weder

mit Kälte noch mit Trockenheit gut umgehen. Schon von Kindesbeinen an zog ich mir jeden Winter eine Erkältung zu.

Ich nahm mir ein Taschentuch und putzte mir die Nase.

»Das ist doch Quatsch.«

»Aber ich bin quasi ein Zombie ...«

»Wie in *Dawn of the Dead*? Den habe ich nicht gesehen.«

»Ich ja auch nicht ... Aber ein lebender Toter, das widerspricht doch der natürlichen Ordnung. Das ist doch unheimlich.«

Natürliche Ordnung? Wo hatte er das denn aufgeschnappt?

»Nein, finde ich nicht. Ah, jetzt versteh ich. Als du untersucht wurdest und dein Röntgenbild gesehen hast, hast du auf einmal kalte Füße bekommen.«

»Na, klar hab ich das! Ich bin mausetot.«

Mittlerweile hatte wohl selbst die Sorglosigkeit in Person begonnen, den Schock über das, was passiert war, zu spüren. Etwas spät zwar, aber gut.

»Na und? Kopf hoch!«

»Hast du schon mal eine fröhliche Leiche gesehen?«

So eine zynische Bemerkung war für Koichi untypisch. Ich nahm seine Hand und zog ihn vom Fenster weg, sorgte dafür, dass er sich auf mein Bett setzte und nahm neben ihm Platz. Normalerweise schlief Koichi auf einem Futon, wenn er bei mir übernachtete, aber ich hatte ihn noch nicht in meinem Zimmer ausgebreitet.

»Du bist tot, ja. Aber du lebst auch.«

»Hör zu, ich glaub zwar an UFOs und Aliens, aber nicht an lebende Tote.«

»Es spielt keine Rolle, ob du daran glaubst oder nicht. Die Realität ist nun mal, dass du existierst.«

»Mag sein, aber selbst im Vergleich zu anderen übernatürlichen Phänomenen ist das doch viel zu krass.«

»Ich weiß nicht, ich habe schon mal ein Gespenst gesehen.«

Koichis Augen weiteten sich vor Schreck. »Was?! Echt?«

Spukgeschichten konnte er auf den Tod nicht ausstehen. Ich behielt für mich, dass er als Toter nun selbst perfekter Stoff für solche Geschichten wäre.

»Du hast ... ein Gespenst gesehen?«

»Ja, hab ich. Den Geist meiner eigenen Mutter.«

Mit acht Jahren, kurz nach ihrem Tod, hatte ich ihre Gestalt gesehen. Sie hatte mich angestarrt, wenn ich nachts aufwachte. Davor war sie mir auch schon am helllichten Tag in unserem Wohnzimmer aufgefallen. Wenn ich mich morgens auf den Weg zur Schule machte, winkte sie mir aus einiger Entfernung zum Abschied.

»Sie war ein Gespenst mit Beinen und hat mir immer in die Augen geschaut.«

»Nichts gegen deine Mutter, aber das ist total gruselig ...«

»Ich hatte keine Angst vor ihr. Meine Mutter war gruseliger, als sie noch lebte. Sie war selbst zu Kindern streng. Dagegen war ihr Geister-Ich fast schon freundlich und hat mich angelächelt. So hat sie mich nie angeschaut, als sie noch lebte.«

»Was, so streng war sie?«

»Die Situation war einfach schwierig. Sie war oft krank und deswegen ständig im Krankenhaus. Ich war immer angespannt, wenn ich sie dort besucht habe.«

Ich war noch ein Kind gewesen und hatte meinem Vater erzählt, dass Mama mir als Geist erschienen war. Damals hatte er ein verblüfftes Gesicht gemacht und mir verboten, noch jemandem außer ihm davon zu erzählen. Mutter sei bestimmt gekommen, weil sie sich Sorgen um mich mache und nach mir sehen wolle, sagte er zu mir. Und scheinbar fand ich diese Erklärung als Kind einleuchtend. Ich hatte mich wohl einfach einsam gefühlt – obwohl ich nie wirklich ein Mamakind gewesen war.

Das Gespenst war vermutlich bloß ein Traum von mir. Ein Tagtraum. Oder vielleicht hatte meine Sehnsucht nach einer liebevollen Mutter die Erscheinung hervorgebracht? Wie ärgerlich, wenn das Gehirn selbst jenen Sehnsüchten eine Form gibt, derer man sich nicht einmal selbst bewusst ist.

»Du bist jedenfalls weder ein Gespenst noch ein Zombie. Dein Körper mag zwar eine Leiche sein, aber die bewegen sich in der Regel nicht, und sprechen tun sie auch nicht. Einen gewöhnlichen Leichnam würde man vergraben oder verbrennen. Da hast du im Vergleich ein gutes Los gezogen.«

Was sollte am eigenen Tod bitte ein gutes Los sein? Mir war überaus bewusst, was für unsinnige Worte ich von mir gab. Doch mir viel nichts besseres ein, um ihn zu trösten. In solchen Momenten musste man sich eben dazu zwingen, positiv zu denken.

»Meinst du?«

»Sicher. Du hast bloß keinen Herzschlag, ansonsten bist du normal. Deine Verletzungen tun dir nicht weh, also stören sie auch nicht. Du bist jetzt quasi unverwundbar.«

»Aber ich bin doch total unheimlich ...«

»Ich sagte doch, dass das nicht stimmt.«

»Wenn ich an deiner Stelle wär, würd ich mich extrem ekeln.«

»Und was, wenn ich gestorben wäre? Würdest du dich dann vor mir ekeln?«

»Nein, bei dir wär mir das egal, Mitsu. Aber es ist halt mir passiert und ich ekele mich vor mir selbst.«

»Mann ey, ich habe keine Ahnung, was du da faselst!«

Ich packte Koichi fest bei der Schulter und drehte ihn mit einem Ruck zu mir.

»Mi...«

Bevor er etwas sagen konnte, küsste ich ihn.

Seine Lippen waren kalt wie Eis. Nach dem ersten Schreck durchfuhr mich Trauer. Er tat mir leid. Wieso musste der Arme so kalt sein?

Dieses raue Gefühl – das waren ohne Zweifel seine Lippen. Sein Körper war zwar ausgekühlt, aber es war immer noch Koichi. Am liebsten hätte ich ihm einen Teil von meiner Körperwärme abgegeben.

Ich tastete mich mit meiner Zunge vor, um den Kuss zu vertiefen. Normalerweise erwiderte Koichi ihn freudig, aber heute hielt er sich zurück. Zaghaft kam er mir entgegen, seine Zunge war genauso weich wie vor seinem Tod, wenn auch kälter.

Wir küssten uns eine ganze Weile innig. Verglichen mit dem ersten Mal, waren wir wesentlich besser, aber wahrscheinlich sah das Ganze von außen noch immer unbeholfen aus. Keine Ahnung. Ich wusste nur, dass ich es mochte, Koichi zu küssen, und ihm ging es, denke ich, genauso.

Als wir uns voneinander lösten, waren unsere Lippen feucht und Koichi ein wenig aufgewärmt.

»Würde ich dich so küssen, wenn ich mich vor dir ekeln würde?«

»Mitsu ...«

Koichi bekam feuchte Augen. Tote produzierten also auch Tränenflüssigkeit ...

»Mitsu ... Du bist so lieb.«

»Ach, hör doch auf.«

»Wieso wirst du rot? Ist dir das peinlich? Passt irgendwie zu dir. Du guckst auch immer, als hättest du Schmerzen, wenn du mal nett zu anderen bist.«

»Bitte, was?«

»Der Klassensprecher hatte was Ähnliches gesagt. Er meinte, du würdest dich genieren.«

»Unsinn! Und wieso redet ihr beiden über mich?«

»Ich red immer nur über dich. Ich hab dich eben super lieb.«

Mit einem lockeren Lächeln auf den Lippen umarmte er mich. Der Kuss schien gewirkt zu haben. Er war wieder ganz der Alte, was mich ein wenig beruhigte.

»Solange ich dir keine Angst mache, ist mir egal, was die anderen über mich denken.«

»Blödmann.«

Ich würde mich nie vor dir gruseln, ekeln oder sonst was. Dass du dir darüber überhaupt Sorgen gemacht hast.

Er drückte mich fest. Sein Körper fühlte sich wärmer an.

»Und jetzt nimm ein Bad. Die Haushälterin kriegt einen Herzinfarkt, wenn sie einen blutigen Kopfkissenbezug findet.«

»Ah.«

»Was ist?«

Koichi rieb seine Stirn an meiner Schulter und gab einen merkwürdigen Laut von sich. Kurz darauf hob er den Blick und sah mir ins Gesicht. Was war denn jetzt los? Seine Wangen waren rot geworden. Eine Leiche mit roten Wangen?

»Was hat das zu bedeuten? Ich bin doch tot, oder?«

»Was?«

Koichi nahm meine Hand und führte sie zu seinem Schritt.

Ich ließ es zu. Das, was ich dann fühlte, war so unerwartet, dass ich überrascht einatmete.

»Was?«

»Ich glaub's nicht. Er ist ... hart ...«

Was zum ...? Koichi hatte eine Erektion, als wäre er ein normaler Siebzehnjähriger. Als wäre er *gesund*. Er war steinhart und heiß. Wie? Ich hatte angenommen, seine Körpertemperatur würde nicht mehr ansteigen.

»Ah ... Mitsu, ich halt es nicht aus. Darf ... ich dich noch mal küssen?«, fragte er, bevor er sich an mich drückte. Wir fielen zusammen aufs Bett, seine Lippen an meinen, und ich gab mich ihnen willentlich hin. Sie waren nicht mehr so kalt wie vorhin, sondern kamen mir sogar heiß vor.

»Hng.«

Unser Kuss war wilder als zuvor. Unsere Zähne stießen aneinander und kurz kam mir der Gedanke, dass wir das mit dem Küssen echt noch nicht raushatten. Aber es war mir egal. Bei Koichi kümmerte es mich nicht, ob unsere Zähne aufeinander trafen oder ob er mein Gesicht wie ein Hund abschleckte.

In seiner Erregung rieb Koichi seinen Körper an meinem Schritt.

»Uh ... Hey ...«

Bevor mir ein Stöhnen entwischen konnte, schob ich Koichi ein Stück von mir. In meinem dünnen Pyjama waren seine Bewegungen kaum auszuhalten. Ich spürte jede einzelne davon.

»K...Koichi?«, fragte ich verlegen.

Ein halbes Jahr war seit unserem Kuss auf dem Campingplatz vergangen. Seitdem waren wir nie weiter gegangen. Nicht, dass es uns an Lust gefehlt hätte – wäre es nach mir gegangen, hätten wir schon längst den nächsten Schritt gemacht. Ich wollte es, hatte allerdings nie den Mut gefasst, meinen Wunsch auszusprechen. Also waren wir es langsam angegangen. Koichi neigte ohnehin dazu, übermäßig rücksichtsvoll zu sein. Jedes Mal, wenn wir uns ungestört in meinem Zimmer wiederfanden, waren wir so lange in unseren Kuss versunken, bis Koichi sich mit einem gequälten Gesichtsausdruck zurückzog und behauptete, er müsse kurz auf Toilette.

»Koichi ... Hng ... Das fühlt sich gut an.«

»Bei mir auch, Mitsu ... Glaubst du, dass bei einer Leiche auch etwas rauskommt?«

Erregung durchzog meinen Körper. Meine Stimme überschlug sich. »Woher soll ich das bitte wissen?«

Konnte eine Leiche ejakulieren? Wie konnte eine Erektion überhaupt ohne Blut zustande kommen? Die vielen Fragen machten mich wahnsinnig. Vielleicht war es das Beste, auf all das zu Pfeifen. Auf die Vernunft, die Wissenschaft, auf Medizin und Biologie. Für mich zählte nur eines: dass Koichi an meiner Seite war und mir sagte, dass er mich mochte. Alles andere spielte keine Rolle.

Koichi küsste meine Wange. Dann streifte er weiter und knabberte an meinem Ohrläppchen.

»Ah. Hngh!«

Ein unbekanntes Gefühl schoss von meinen Ohren über mein Gehirn direkt bis zu meinem Unterkörper. Mir war nie bewusst gewesen, dass Ohren tatsächlich erogene Zonen waren, wenn man nicht super empfindlich oder ein Pornodarsteller war.

Koichis Lippen schlossen sich um mein Ohrläppchen. Massierten es sanft. Es kitzelte und fühlte sich gleichzeitig so gut an.

»Ah ... D...Das fühlt sich komisch an ... Hngh ...«

»Dein Stöhnen macht mich verrückt ...«

Er beließ es nicht bei meinen Ohrläppchen. Als Koichi mit seinen Zähnen in den oberen Teil meines Ohrs biss, bebte ich. Und als er dazu überging, das Innere meiner Ohrmuschel zu lecken, klammerte ich mich an seine Schultern. Dabei konnte ich ihn die ganze Zeit so deutlich hören, dass es mich noch mehr erregte.

Koichi ging es offenbar nicht anders. Sein Atem ging heftig.

Mein Herz schlug wie verrückt. Wie war es wohl bei Koichi? Er schnappte zwar nach Luft, doch sein Herz war sicher lautlos. Dort, wo sich unsere Oberkörper berührten, glaubte ich, ein Pochen wahrzunehmen, aber dabei handelte es sich vermutlich nur um meinen eigenen Herzschlag.

»Mitsu. Ich will dich anfassen.«

»Ja ...«

Koichi schob seine Hand in meine Shorts und umfasste mich sanft. Es war das erste Mal, dass mich jemand dort berührte. Seine Hand war überhaupt nicht kalt, und es ging so schnell, dass ich gar keine Zeit hatte, mich zu genieren.

Er musste seine Hand nur ein paarmal auf und ab bewegen, damit ich zum Höhepunkt kam. Es fühlte sich wesentlich besser an, als es mir selbst zu machen. Eine sanfte Wärme durchfuhr meinen Körper, bis in meine Fingerspitzen. Ich schloss die Augen und ließ mich von den Wellen der Lust davontragen. Kraftlos lehnte ich mich an Koichi und gab Laute von mir, die mir in jeder anderen Situation total peinlich gewesen wären.

»Oh Mann. Du bist so süß, Mitsu.«

Normalerweise hätte ich ihn für so eine Aussage sofort zurechtgewiesen, doch ich war zu beschäftigt damit, wieder zu Atem zu kommen. Koichi nahm ein Taschentuch und wischte damit sorgfältig meinen Bauch ab, bevor er mir zärtlich über den Rücken strich.

»Mitsu ...«

Koichi war noch nicht gekommen. Ich wollte, dass er sich auch gut fühlte, konnte meine Augen allerdings kaum noch offen halten. War ich so erschöpft gewesen? Psychisch mehr als körperlich, nahm ich an. Koichi war von einem LKW angefahren worden, sein Herz hatte aufgehört zu schlagen. Dennoch bewegte er sich und machte unanständige Dinge mit mir.

Meine Gedanken schweiften ab. Ich war einfach zu müde.

Ich versuchte, das Koichi mitzuteilen, aber die Erschöpfung hatte mich voll im Griff. Im Halbschlaf spürte ich, wie er einen Kuss auf meinen Kopf drückte, und Glücksgefühle füllten mich vollständig aus. Ich könnte mich daran gewöhnen, so verwöhnt zu werden.

Schon lange vor dem Tod meiner Mutter hatte ich mein eigenes Zimmer. Deswegen war ich immer davon überzeugt gewesen, nicht gut schlafen zu können, wenn jemand neben mir läge. Auf den Klassenfahrten in der Grund- und Mittelschule hatte ich auch tatsächlich kaum ein Auge zubekommen.

Ich hatte fest daran geglaubt, allein sein zu müssen, um einen erholsamen Schlaf zu haben. Weshalb also fühlte ich mich in Koichis Armen so geborgen?

»Schlaf gut, Mitsu.«

Ja. Du auch, Koichi.

Wehe, du bist nicht mehr da, wenn ich morgen die Augen öffne.

Kapitel 3

Als ich aufwachte, stellte sich heraus, dass die Ereignisse des Vortages nur ein Traum gewesen waren.

Nein, das waren sie natürlich nicht. An diesem Morgen ging ich, wie schon am Vortag, mit dem lebenden Toten Koichi zur Schule. Nach dem Aufwachen hatte ich sofort sein Herz abgehört – es stand, wie erwartet, weiterhin still. Allerdings war Koichi nicht länger leichenblass und seine Körpertemperatur war der eines lebenden Menschen aus irgendeinem Grund ähnlich.

Ich hatte befürchtet, dass er mit jedem Tag ein wenig mehr nach Leiche aussehen würde, aber glücklicherweise war das Gegenteil der Fall. Ich bezweifelte, dass er mit herausfallenden Augen am Schulalltag hätte teilnehmen können.

»Mitsuru!«

Wir wollten gerade unseren Klassenraum betreten, als Ikumi uns abfing. Sie grüßte mich freundlich, bevor sie sich Koichi zuwandte. Ob er immer noch eine Leiche sei, erkundigte sie sich, was dieser nickend bestätigte.

»Ach so. Alles beim Alten also. Dafür siehst du heute aber echt viel besser aus. Hast du Make-up benutzt?«

»Nein, hab ich nicht.«

»Krass! Du siehst echt nicht wie 'ne Leiche aus«, sagte Ikumi und reckte ihren Daumen in die Luft, um ihre Worte zu unterstreichen.

Woher sie wohl ihren Optimismus nahm? Recht hatte sie trotzdem. Man sah Koichi tatsächlich nicht an, dass er eine Leiche war. Die Delle an seinem Kopf fiel auch nicht mehr auf, jetzt, da seine Haare frisch gewaschen und getrocknet waren. Solange niemand sein Herz abhörte, war er von einem gewöhnlichen Oberschüler nicht zu unterscheiden. So konnte er ohne Probleme wieder zu seiner Familie nach Hause gehen.

»Was machst du schon in der Schule?«

Es war noch nicht acht. Ikumi begegnete man selten so früh in der Schule. Normalweise tanzte sie erst einige Sekunden vor Unterrichtsbeginn an.

»Ich bin's nicht freiwillig. Auf dem Weg hierher war ich so müde, dass meine Knie beim Gehen weggeknickt sind. Sumi ist bei mir vorbeigekommen und hat mich aus dem Bett getrommelt, deswegen.«

Mit »Sumi« war unsere Mitschülerin Sumiko Kagamiya gemeint. Ein stilles Mädchen mit ausdruckslosem Gesicht – die Antithese zu Ikumi. Trotzdem waren die beiden wie Pech und Schwefel.

»Ach, stimmt ja. Sumiko war gestern nicht in der Schule.«

»Genau. Sie musste am Schrein einen Mikomai darbieten.«

»Einen was?«, fragte Koichi verwirrt.

»Stimmt ja, ihr Vater ist ein Guji.«

»Mitsu. Was ist das?«

»Einfach gesagt, ein Shinto-Priester.«

»Ganz genau. Du weißt echt alles, Mitsuru.«

Koichi nickte zustimmend und sagte dann: »Ach so, es geht um Tempel.«

»Nein, im Shinto spricht man von Schreinen. Tempel sind buddhistisch. Das weiß doch eigentlich jeder.«

»Recht hat er! Wenn du nicht zwischen einem buddhistischen Mönch und einem Shinto-Priester unterscheiden kannst, wirst du nie ins Nirvana eintreten.«

Ich war mir nicht sicher, ob Ikumi das scherzhaft oder ernst gemeint hatte, deswegen tat ich so, als hätte ich sie nicht gehört. Koichi schien sich jedenfalls nicht an ihrer Aussage zu stören.

»Das im Tempel sind Mönche und in den Schreinen sind Priester. Kapiert. Und wo macht man noch mal das Neujahrsgebet?«

»In einem Schrein. Nur in Schreinen klatscht man beim Beten in die Hände. Es gibt aber auch Leute, die zum Neujahrsgebet einen Tempel besuchen. Den Senso-ji zum Beispiel oder den Narita-san ... Aber um noch mal darauf zurückzukommen, warum hat Sumiko dich aus dem Bett geschmissen?«

»Als ich ihr am Telefon von Koichi erzählt habe, hat sie es total bereut, dass sie nicht in der Schule war. Sie hätte ihn wohl echt gerne selbst gesehen. Also hat sie vorgeschlagen, dass wir heute früher zur Schule kommen. Sie klang richtig aufgeregt.«

Eine aufgeregte Sumiko konnte ich mir nur schwer vorstellen. Wegen ihrer reglosen Miene nannten die anderen sie auch die »weibliche Mitsuru«. Wobei sie mich vermutlich in Sachen Schweigsamkeit noch übertraf. Sie war ein zierliches Mädchen, das man an seiner Frisur – ihr Pony war wie bei einer japanischen Puppe ordentlich auf einer Linie geschnitten – und seinen großen, schwarzen Augen sofort erkannte.

»Sie meinte, dass sie noch nie von einem Oni gehört hat, den man auch anfassen kann.«

»Einem Oni?«, fragten Koichi und ich zeitgleich.

»Wie die Teufel, die man beim Setsubun-Fest vertreibt? Das war doch schon Anfang Februar.«

»Quatsch, Koichi. Es geht nicht um die Oni, die man mit dem Ausstreuen von Bohnen vertreibt. Fragt für die Details einfach Sumi selbst.«

Ikumi öffnete die Tür unseres leeren Klassenzimmers. Es war kühl, die Heizkörper noch nicht aufgedreht. Sumiko saß auf dem hintersten Platz der mittleren Stuhlreihe.

»Sumi, sie sind da.«

»Ja.«

Sie blieb auf ihrem Stuhl sitzen, während sie zu uns, nein, zu Koichi schaute. Ihre großen Augen begannen zu funkeln. Man konnte ihre Neugier förmlich spüren, auch wenn ihre Miene so ausdruckslos wie eh und je war. Stimmt schon, einen lebenden Toten sah man nicht alle Tage, aber ich hätte nicht gedacht, dass ausgerechnet so etwas das Herz einer Oberschülerin höherschlagen lassen würde.

»Morgen, Sumiko.«

»Guten Morgen.«

Statt uns zurückzugrüßen, gab sie bloß erneut ein »Ja« von sich.

Wir setzten uns auf die freien Plätze vor Sumiko und legten unsere Taschen auf die Stühle neben uns. So früh würde sowieso niemand kommen.

Sumiko starrte Koichi unverwandt an. Sumikos Blick wirkte, als wollte sie Koichi damit durchbohren. Koichi blieb stumm, überwältigt von der Intensität ihrer Aufmerksamkeit, bis Sumiko schließlich zu sprechen begann.

»Er ist tatsächlich gestorben.« Sie klopfte ihm auf die Hand. »Aber über einen festen Körper verfügt er. Und Körperwärme produziert er auch«, flüsterte sie, ehe sie sich mir zuwandte. »Mitsuru. Koichi ist tatsächlich tot.«

Sie klang beeindruckt. Ihre Wortwahl stieß mir jedoch auf.

»Sumiko, kannst du bitte aufhören, das Wort ›gestorben‹ in dem Kontext zu verwenden? Wir haben beschlossen, Koichi als lebenden Toten zu bezeichnen.«

»Verstehe. Das passt zu dir, Mitsuru. Mit Definitionen nimmst du es genau. Ich werde ihn ab jetzt so nennen. Überrascht bin ich trotzdem. Das ist das erste Mal, dass ich einen Oni mit einem festen Körper sehe. Kaum zu glauben.«

»Hat sie das positiv gemeint?«, fragte Koichi mich, während Sumiko ihn weiter abtastete.

»Das wüsste ich auch gern. Du hast zumindest ihr Interesse geweckt, das ist doch was Gutes, würde ich sagen ... Sumiko, was meinst du, wenn du von einem ›Oni‹ sprichst?«

»Genau! Wieso soll ich ein Oni sein?«

»Sumi, ich will's auch wissen!«

Sumiko schaute in die Runde. »Ein Oni ist der Geist eines Verstorbenen.«

Und damit endete ihre Erklärung. Da erinnerte ich mich an etwas, das ich einmal in einem Buch gelesen hatte.

»In Japan denkt man bei dem Wort ›Oni‹ an Teufel mit

Hörnern, aber hat man in China nicht Verstorbene so genannt? Deswegen schreiben wir auch das Wort für ›Sterberegister‹ mit dem Schriftzeichen für Oni.«

»Es gibt ein Register für Teufel?«

»Nein, Koichi, man schreibt das nur mit demselben Schriftzeichen. Das Register ist für Menschen, genau wie das Familienregister.«

Koichi und Ikumi wirkten beeindruckt. Davon hörten sie anscheinend zum ersten Mal.

»Meine Urgroßmutter hatte auch ein Gespür für Übernatürliches. Manchmal hat sie so was gesagt wie: ›Huch, da ist ja ein Oni‹. Bestimmt konnte sie Seelenwesen sehen«, sagte Sumiko.

»Dann siehst du sie also auch?«

»Nicht so deutlich wie meine Urgroßmutter, aber ja.«

»Das behaltet ihr beiden aber für euch, ja?«, warf Ikumi von der Seite ein. »Sumiko will nicht, dass die Medien sie als Geistermädchen ins Licht der Öffentlichkeit zerren. Sie hasst es, im Mittelpunkt zu stehen.«

Koichi nickte verstehend. »Klar doch. Ich will ja auch nicht, dass man Wirbel um mich macht.«

»Aber sag mal, Sumi, Koichi wirkt auf mich überhaupt nicht wie ein Oni. Wo sind seine Hörner? Für mich sieht er wie ein ganz normaler Oberschüler aus.«

»Mag sein. Trotzdem ist er einer«, sagte Sumiko, ohne sich weiter in Erklärungen zu verlieren. Danach nahm sie das Notizheft, das vor ihr lag, setzte ihr Lineal an einer Ecke an und riss ein Stück Papier von der Größe eines Lesezeichens heraus. Auf dieses Stück zeichnete sie ein Sternsymbol mit ihrem Filzstift, der bei jedem Strich quietschte.

»Halt mal kurz still.« Sie klebte das Stück Papier auf

Koichis Stirn und rezitierte eine mysteriöse Zauberformel: »*To, O, Kami, Emi, Tame.*«

Wir wissen, dass du aus einer Priesterfamilie stammst, dachte ich mit einem gequälten Lächeln. *Eine ganze Vorführung brauchen wir gar nicht.*

Bei dem Sternsymbol handelte es sich um das sogenannte Seimei Kikyo, ein Pentagramm, das in der Onmyoji-Wahrsagerei eine wichtige Rolle spielte und die fünf Elemente repräsentierte. Sumiko hatte neuerdings ein Faible für Wahrsagerei ...

»Koichi?« Irgendetwas stimmte nicht mit ihm. »Hallo? Koichi?«

Er rührte sich nicht. Koichi stand wie festgefroren neben mir. Er blinzelte nicht einmal.

»Oh. Es wirkt ... Ihr müsst wissen, ich mache das zum ersten Mal. Es hat tatsächlich funktioniert ...«

»Sumi! Was hast du gemacht?«

»Ich habe ihn versiegelt«, erklärte Sumiko nüchtern.

Ich hingegen verlor die Ruhe. »Versiegelt? Was soll der Quatsch?! Koichi! Hey, Koichi!«

»Er wird sich nicht bewegen. Wie gesagt, ich habe ihn versiegelt.«

»Wow ... Ist ja krass, was du alles kannst, Sumi. Könntest du das nächstes Mal nicht bei diesem einen Lehrer machen? Du weißt schon, dieser Mathelehrer, der bei den Mädchen immer so creepy Sachen sagt ...«

»Iku. Das funktioniert nicht bei lebenden Menschen, nur bei Oni.«

»Geht's noch, Sumiko? Bloß weil er ein Oni ist, kannst du so was doch nicht tun! Mach das wieder rückgängig!«

Ich war ziemlich laut geworden.

Sumiko erwiderte mit ernstem Gesicht: »Aber Oni versiegelt man nun mal.«

»Mir tut er leid mit diesem Ding im Gesicht. Er hat doch nichts Böses gemacht. Er ist bloß eine Leiche ...«

Guter Einwurf, Ikumi. Genauso ist es.

»Sumiko. Koichi tut niemandem was!«

»Ich weiß nicht so recht ...«, dachte Sumiko laut nach, wobei sie ihren kleinen Mund ein wenig verzog. »Andererseits, wenn er ein mächtiger Oni wäre, hätten meine Kräfte nicht ausgereicht, um ihn zu versiegeln ...«

»Sumi. Du kennst doch die Geschichte von dem *Weinenden roten Oni*. Koichi ist ein guter Oni, wie in der Geschichte. Lass ihn wieder frei.«

»Ja, Koichi ist kein schlechter Mensch, aber das ist hier nicht das Problem.« Sumiko stellte sich vor Koichi und begann ihn zu mustern. »Wieso ist er bloß zu einem Oni geworden ...?«, murmelte sie.

Koichi stand leicht vorgebeugt und bewegungslos auf derselben Stelle, wie eine sperrige Raumdekoration.

»Verstorbene werden nicht grundlos zu Oni. Häufig sind heftiger Groll oder Reue der Auslöser. Oder es hält sie noch etwas in dieser Welt. Wer plötzlich verstirbt, hat in der Regel etwas, das er oder sie noch nicht loslassen kann. Die gewaltigen Kräfte des Todes sollte man jedoch nicht unterschätzen. Es ist kein Leichtes, sich in dieser Welt zu halten, vor allem mit einem festen Körper. Es ist extrem schwierig, diesen Zustand aufrechtzuerhalten.«

Koichi könnte bestimmt niemanden so sehr hassen, dass er sich dafür an diese Welt klammern würde. Also war es entweder Reue oder es hielt ihn etwas anderes in dieser Welt. Aber was könnte das sein? Was war es, dass er nicht loslassen konnte?

»Sumiko, könntest du jetzt bitte dein Siegel lösen? Seine Augen trocknen aus. Ich ertrage es nicht, ihn so zu sehen. Er wird nichts Böses anstellen, das garantiere ich dir.«

Sie machte ein nachdenkliches Gesicht, kam meiner Bitte aber schließlich nach. »In Ordnung. Menschen scheint er immerhin nicht zu fressen ...«

»Was?! Es gibt Oni, die Menschen fressen?« Ikumi entfernte sich rasch von Koichi.

Erst nahm sie ihn in Schutz, dann zitterte sie vor ihm. *Entscheid dich mal.*

»Es gibt solche und solche. Aber ja, die allermeisten fressen Menschen.«

Nachdem sie Sumikos Erklärung gehört hatte, musterte Ikumi mich eingehend.

»Hat er dich gebissen?«

Nachdrücklich schüttelte ich den Kopf.

»Mitsuru. Nimm ihm meinen Talisman ab. Dann kann er sich wieder bewegen.«

Wie? Mehr musste man nicht tun? Hätte sie das doch gleich gesagt. Und siehe da: Kaum hatte ich ihn mit Leichtigkeit entfernt, schnappte Koichi nach Luft. Dann ließ er sich auf seinen Stuhl fallen.

»He, alles okay bei dir?«

»Ah ... Hab ich mich erschreckt ... Es war, als wäre die Luft um mich herum zu Beton geworden. Sumiko, das war echt nicht nett von dir ...«

»Ja. Tut mir leid.«

»Ich fresse keine Menschen! Das schmeckt doch nicht.«

Anscheinend hatte er unser gesamtes Gespräch mitgehört, während er versiegelt war.

»Naja, sie zu ›fressen‹ kann Verschiedenes bedeuten ...

Aber noch mal zu dir, Koichi, man sieht dir wirklich nicht an, dass du eine Leiche bist.«

»Gestern konnte man das nicht von ihm sagen. Da war sein Körper eiskalt und seine Haut kreideweiß«, erklärte ich Sumiko, die über Koichis Zustand verwundert war.

»Und trotzdem sieht er heute so fit aus?«

»Ja, mich wundert das auch schon den ganzen Morgen. Er ha... Hatschi!« Ich zog die Nase hoch.

Die Heizkörper waren noch nicht warmgelaufen, deswegen war das Klassenzimmer kalt. Hastig zog Koichi seinen Mantel aus und legte ihn um mich. Der Geruch von Lufterfrischer stieg mir in die Nase – wir hatten den Mantel damit besprüht, um den Blutgeruch loszuwerden.

»Ihr beiden versteht euch echt prima«, sagte Ikumi neidisch.

»Den ganzen Morgen, hast du gesagt? Ihr seid also seit gestern ununterbrochen zusammen?«

»Genau. Mitsu hat mich bei sich übernachten lassen. Ich hab natürlich vorher bei mir Zuhause angerufen.«

»Ach so«, murmelte Sumiko und fragte dann nichtsahnend weiter: »Habt ihr gestern Abend irgendetwas Besonderes gemacht?«

Dieses Mal war ich es, dessen Herz stehen blieb. *Mit ›Besonderes‹ wird sie doch nicht* darauf *anspielen.* Wobei, etwas Besonderes war es tatsächlich. Davon konnte ich Sumiko allerdings nicht erzählen. Mir blieb nichts anderes übrig, als ein Pokerface aufzusetzen.

»Nein. Nicht, dass ich wüsste«, antwortete ich ausdruckslos.

Koichi hingegen ...

»Äh, w...wie? Was Besonderes?« Seine Stimme überschlug sich.

Dummkopf. Bleib cool, verdammt.

»Er hatte keinen Hunger, deswegen hat er nichts gegessen, sondern nur ein Bad genommen. Vielleicht ist deswegen seine Körpertemperatur gestiegen.«

»Sein Körper kann seine Temperaturen nicht mehr regulieren. Wärme von außen dürfte daran nichts ändern.«

Sumiko glänzte mit ähnlich guten Noten wie ich. Gegen ihre plausible Erklärung konnte ich nichts einwenden.

»Logisch betrachtet hast du recht. Aber es ist nicht so, als könnte man eine Leiche, die nicht verwest, überhaupt biologisch erklären.«

»Ja, stimmt schon. Es lässt mir trotzdem keine Ruhe. Koichi bewegt sich nämlich; dafür braucht er irgendeine Form von Energie. Ich frage mich, ob es eine andere Art der Energiegewinnung gibt, vom organischen Stoffwechsel abgesehen.«

»Es bringt uns gar nichts, in okkulten Phänomenen nach irgendwelchen Gesetzmäßigkeiten zu suchen.«

»Ja, da ist was dran. Ließen sich für solche Phänomene logische Erklärungen finden, wären sie keine Mysterien und Informationen darüber nicht geheim.«

»Mensch, ihr beide seid mir zu hoch. Ich versteh nur Bahnhof«, beschwerte sich Ikumi.

»Ich auch«, nickte Koichi.

»Sorry, Ikumi. Es ging nur darum, dass Koichi auf irgendeine Weise Energie in sich aufnimmt, ohne sich dessen bewusst zu sein. Mehr kann ich auch nicht sagen. Es ist wohl einfach eine Frage der Zeit.«

Was war eine Frage der Zeit? Als ich nachhaken wollte, was sie damit meinte, betrat der Klassensprecher den Raum. Es war bereits nach acht. Bald würden auch die anderen Schüler eintreffen.

»Morgen. Das ist aber eine seltene Konstellation. Ist was passiert?«

»Nicht wirklich«, antwortete ich knapp. Ich hatte nicht das Bedürfnis, ihn über Oni und Talismane aufzuklären, deswegen schnappte ich mir Koichi und ging mit ihm zu unseren Plätzen. Der Klassensprecher guckte beleidigt, als hätten wir ihn von etwas ausgeschlossen.

»Wie geht's dir heute morgen?«, fragte er Koichi, ohne seinen vorwurfsvollen Blick abzulegen.

Koichi drehte nur den Kopf zum Klassensprecher. »Mir geht's prima!«,

Das war keine Lüge. Zwar war er immer noch eine Leiche, aber in dem Moment ging es ihm blendend.

Sumiko hatte sich in der Zwischenzeit vom Schreinmädchen zurück in ein normales Schulmädchen verwandelt und erklärte Ikumi die Mathehausaufgaben. Was sie wohl sah, wenn sie Koichi anschaute? Ihr hatte ein kurzer Blick gereicht, um zu begreifen, dass er tot war.

Ein weiterer Nieser riss mich aus meinen Gedanken.

»Mitsu, du hast dir eine Erkältung gefangen.«

»Das weiß ich selbst.« *So weit kommt es noch, dass eine Leiche sich Sorgen um mich macht.* »Was ist eigentlich mit deinen Hausaufgaben? Hast du alles gemacht?«

Koichi riss die Augen weit auf und flehte mich an, ihn abschreiben zu lassen.

Bis zur dritten Stunde passierte nichts Nennenswertes. Unser lebender toter Oberschüler döste wie gewohnt im Unterricht vor sich hin, während ich gewissenhaft mitschrieb. Keinem der Lehrer fiel auf, dass Koichi eine Leiche war. Und unsere Klassenkameraden hatten, wie versprochen, Stillschweigen bewahrt. Nicht, dass ihnen jemand geglaubt hätte, hätten sie versucht, es weiterzuerzählen. Was das betraf, hatte Doktor Kasumi recht. Wobei ich mir sicher war, dass zumindest die Hälfte der Klasse das Ganze für einen Scherz hielt. Mir war beides recht. Hauptsache, Koichi konnte normal weiterleben.

Die letzte Stunde vor der Mittagspause hätte Japanisch mit Herrn Ogawa sein sollen, aber selbst fünfzehn Minuten nach Unterrichtsbeginn war er noch nicht aufgetaucht.

Der Klassensprecher erhob sich. »Ich gehe zum Lehrerzimmer und hole ihn«, kündigte er an und kassierte mehrere Buhrufe.

»Muss das sein? Wir können doch eigenständig lernen.«

Der Vorschlag kam von Ikumi. Sie hatte nicht einmal ihr Lehrbuch ausgepackt und wirkte dadurch wenig überzeugend.

»Es ist ein Problem, wenn der Unterricht zu spät beginnt. Außerdem mache ich mir Sorgen. Herr Ogawa ist noch nie zu spät zum Unterricht gekommen.«

Herr Ogawa war, ganz, wie es die Worte des Klassensprechers nahelegten, ein pflichtbewusster Mann. Er war Ende dreißig und das exakte Gegenteil von einem Macho: schlank und sanft im Umgang mit anderen Menschen. Lehrer seiner Art tendierten dazu, von Schülern nicht ernst genommen zu werden. Bei Herrn Ogawa war es anders. Er begegnete seinen Schülern auf Augenhöhe und gestaltete seinen Unterricht kreativ. Er war vielleicht nicht der passionierteste Lehrer, aber man spürte, dass er sich beim Unterrichten Mühe gab.

»Du hast recht, das kommt wirklich selten vor …«, sagte Ikumi mit einem besorgten Gesicht. Selbst sie, die wirklich keine Vorzeigeschülerin war, hatte eine gewisse Sympathie für den Japanischlehrer.

Koichi schlummerte nach wie vor seelenruhig auf dem

Platz neben mir. Es hieß, Schlaf wirke sich positiv auf das Wachstum aus. Ob das gleiche für Leichen galt?

Gerade als die Klasse lauter wurde, öffnete sich die vordere Tür des Raumes.

»Bei euch herrscht aber gute Laune. Nanu? Solltet ihr jetzt nicht Japanisch haben?«

Bei der Person, die den Raum betrat, handelte es sich um den Biologielehrer Tamaki, unseren stellvertretenden Klassenlehrer.

»Herr Tamaki! Herr Ogawa kommt einfach nicht!«, sagte Ikumi.

Der Klassensprecher erklärte ihm, dass wir von Herrn Ogawa keine Anweisungen erhalten hatten.

Unter seinem weißen Kittel trug der Biologielehrer einen senffarbenen Rollkragenpullover. Er war attraktiv, was ihn vor allem bei den Mädchen beliebt machte, aber wegen seiner stets unbekümmerten Art konnte man nur schwer fassen, was ihm durch den Kopf ging. Während Ikumi und der Klassensprecher ihn ansahen, verfinsterte sein Blick sich leicht.

»Was war mit der Klassenstunde in der Ersten?«

»In der Klassenstunde war er anwesend ...«

»Ja, aber irgendwie war er da komisch«, merkte Ikumi an.

»Wirklich?«

Nach Bestätigung suchend, stupste Ikumi ihre Sitznachbarin Sumiko an, die wortlos nickte.

»Inwiefern komisch?«

Auf Herrn Tamakis Frage gab es gleich mehrere Wortmeldungen aus der Klasse: »Er hatte riesige Augenringe!«, »Und Bartstoppeln«, »Aber ihr habt ihn doch lachen sehen.«

Herr Ogawa putzte sich zwar nicht extra heraus, aber er war immer gepflegt und seine Hemden gebügelt. Dass er

sein Äußeres derart vernachlässigte, war tatsächlich ungewöhnlich. Während der Klassenstunde hatte ich mir jedoch
keine weiteren Gedanken darüber gemacht, sondern bloß angenommen, dass er verschlafen hatte.

Sumiko brachte es mit ihrer Zusammenfassung auf den
Punkt: »So lacht jemand, der seit Tagen nicht geschlafen hat
und fast am Ende ist, aber trotzdem zur Arbeit kommt und
ein gezwungenes Lächeln aufsetzt, damit niemand etwas
merkt.«

»Ja, genau das meinte ich!« Ikumi nickte, begeistert von
Sumikos Wortgewandtheit.

Für einen Moment wich jede Spur von Gelassenheit aus
Herrn Tamakis Gesicht, bevor er sich wieder fing. »Ach, so ist
das eben, wenn man erwachsen ist«, sagte er bemüht unbeschwert und wies uns an, fürs Erste selbstständig zu lernen.
Dann verließ er den Klassenraum. Die meisten fingen sofort
an, privaten Dingen nachzugehen. Einige machten sich weiterhin Sorgen um den verschwundenen Lehrer.

»Ich frag mich, was mit Ogawa los ist. Er hatte ja noch nie
ein besonders dickes Fell.«

»Hat er auf euch seit Neujahr auch ein bisschen depri gewirkt?«

»Meinst du? Herr Ogawa war doch schon immer ruhig.
Man weiß nie, was er denkt.«

Was sich hinter Herrn Ogawas stillem Lächeln verbarg,
konnte man tatsächlich nur schwer erraten, ähnlich wie bei
mir. Mit dem Unterschied, dass ich nicht die ganze Zeit
lächelte – darauf hatte Ikumi mich mal hingewiesen. Mein
stilles Äußeres bedeutete allerdings nicht, dass ich innerlich
die Ruhe in Person war, und auch wenn Herr Ogawa ein
Erwachsener war, ging es ihm in der Hinsicht sicher nicht

anders als mir. Doch davon abgesehen, hatte ich schon eine Vermutung, woher der Gefühlssturm kam, der ihn derart in Mitleidenschaft gezogen hatte. Das Thema war nur einfach zu privat, um ihn darauf anzusprechen.

Ich hatte mein Kinn in die Hand gestützt. Als ich zufällig zu meinem Nachbarplatz hinüberschaute, hob Koichi abrupt den Kopf.

»Guten Morgen.«

»...«

Koichi wirkte benommen, zeigte auf meine Worte keine Reaktion, was unüblich war. Kommentarlos stand er von seinem Stuhl auf.

»Koichi?«

»Herr Ogawa ...«

»Ach ja, wir sollen für uns lernen ... Koichi? Wo willst du hin?!«

Koichi hatte sich bereits in Bewegung gesetzt.

»Eigenständiges Lernen heißt nicht, dass der Klassenraum verlassen werden darf«, ermahnte der Klassensprecher Koichi, doch dieser legte nur an Tempo zu.

Ich eilte ihm hinterher. »Wir müssen kurz ins Krankenzimmer. Koichi fühlt sich nicht so gut ... Du weißt schon!«

Die Ausrede ergab nicht mal Sinn. Klar fühlte er sich nicht gut, er war eine Leiche. Eine Leiche, die mit ihren langen Beinen ziemlich schnell laufen konnte. Mit meinen Schritten kam ich kaum hinterher.

»Was ist los?«, fragte ich, während ich ihm nacheilte.

»Ich muss schnell zu Herrn Ogawa!«, antwortete Koichi abwesend. Schritte erklangen hinter uns. Es war der Klassensprecher.

»Mitsuru, was ist mit Koichi?«

Anscheinend war er uns nicht gefolgt, um uns zu schelten, sondern weil er sich Sorgen machte.

»Keine Ahnung. Irgendetwas scheint mit Herrn Ogawa zu sein.«

Es war, als ob Koichi von etwas Unsichtbarem geführt wurde. Seine Schritte wurden immer schneller, bis er das Gebäude verließ und das gegenüberliegende Ende unseres großen Schulgeländes ansteuerte.

»Will er zum alten Schulgebäude?«, fragte der Klassensprecher.

Ich nahm es an. Unsere Schule hatte schon einige Jahre auf dem Buckel und in der Richtung, in die Koichi eilte, gab es ein altes Schulgebäude, das noch erhalten geblieben war. Normalerweise mied Koichi das mit Efeu überwucherte Haus. Es war alt und verfallen und Gerüchten zufolge spukte es dort. Jetzt gerade schien er daran allerdings keinen Gedanken zu verschwenden.

»Nanu? Wieso ist die Tür offen?«

Der Klassensprecher hatte recht: Koichi betrat das Gebäude ungehindert, obwohl die Tür zur alten Schule normalerweise abgesperrt war. Wir folgten ihm. Im Inneren roch es nach einer Mischung aus Staub und Schimmel – ein eigentümlicher Geruch, wie man ihn nur an verlassenen Orten findet.

Koichi eilte die Treppe hinauf zum Dach, und wir ihm hinterher.

Der Himmel war klar und überwältigend blau. Erst nach einem Augenblick sah ich Herrn Ogawa. Er stand an einer Ecke des Daches, dort, wo der Maschendrahtzaun eingerissen war, und wirkte genauso erschrocken, uns zu sehen, wie wir ihn.

»Mitsuru. Sieht das nicht aus, als ob er springen will?«

Es war genau, wie der Klassensprecher sagte.

Wir blieben in einiger Entfernung zu ihm stehen. Herr Ogawa war offensichtlich nicht bei klarem Verstand, die Verzweiflung deutlich in seinem Gesicht erkennbar. Dass ein rationaler und rücksichtsvoller Mensch wie er sich dazu entschloss, während eines Schulmittags hierherzukommen, unterstrich seine Hilflosigkeit, und wir wollten ihm keinen Grund geben, zu springen. Nur Koichi ging etwas näher heran und schaute Herrn Ogawa dabei unverwandt an. Dieser schaute zu uns zurück, rührte sich aber nicht. Die Anwesenheit von Schülern brachte ihn hoffentlich zum Zögern.

Ein kalter Wind wehte, spielte mit Koichis halblangem Haar und ließ mich ohne meinen Mantel frösteln.

»Ich habe ihn mitgebracht.«

Mit ruhiger Stimme betrat Sumiko das Dach. Sie zog Herrn Tamaki am Arm hinter sich her. Als der Biologielehrer Herrn Ogawa bemerkte, riss er die Augen weit auf und öffnete den Mund, als wolle er fragen, was hier los sei, doch er bekam kein Wort heraus. Es war offensichtlich, was Herr Ogawa vorhatte.

Mit kleiner Verzögerung stieß auch Ikumi zu uns. Nach Luft schnappend, stellte sie sich neben mich und erklärte mir, dass Sumiko plötzlich aus dem Klassenraum gerannt sei. »Ich bin sofort hinterher. Sie hat Herrn Tamaki gesucht und direkt hierhergeschleift ...«

Das musste sich abgespielt haben, direkt nachdem wir den Klassenraum verlassen hatten. Wenn Sumiko es eilig habe, käme man ihr kaum hinterher, erklärte Ikumi, die immer noch hechelte.

»Herr Ogawa.«

Wegen des Windes war Herr Tamaki nur schwer zu verstehen. Er klang zwar ruhig, aber es war deutlich, dass er sich dazu zwingen musste. Hinter der Fassade war er bestimmt vollkommen außer sich.

Herr Tamaki trat langsam nach vor. Er stand nun fast so nah bei Herrn Ogawa wie Koichi.

»Bleib weg!«, wies Herr Ogawa ihn entschieden zurück und ging einen weiteren Schritt rückwärts. »Bitte. Komm nicht näher!«

»In Ordnung. Wenn Sie dafür zu uns kommen«, schlug Herr Tamaki vor, stieß aber nur auf Ablehnung. »Es sind Schüler anwesend! Aus Ihrer Klasse.«

Selbst das half nicht. Herr Ogawa entfernte sich nicht vom Rand des Daches, sondern richtete nur den Blick auf uns.

»Geht zurück ins Klassenzimmer. Sofort ...«, forderte er uns kraftlos auf. »Mit mir ... ist alles gut. Geht wieder. Sie auch, Herr Tamaki ... Ich will einen Moment allein sein. Ihr braucht euch wirklich keine Sorgen zu machen ...«

Bei allem Verständnis, aber Sie sehen wirklich nicht in Ordnung aus.

Und überhaupt, kein Mensch, dem es gut ging, würde mit blassem Gesicht ein paar Schritte vor einem Abgrund stehen.

»Herr Ogawa. Lassen Sie uns noch einmal miteinander reden.«

»Was gibt es denn da noch zu reden?«

»Komm, wir setzen uns irgendwo hin und reden bei einem warmen Getränk.«

»Bleib weg von mir!«, schrie Herr Ogawa, als er sah, wie Herr Tamaki sich ihm näherte. Er griff nach dem Zaun.

Das Rattern erschreckte Herrn Tamaki so sehr, dass er auf der Stelle stehenblieb. »Masahiko ... Bitte, komm her.«

Es war das erste Mal, dass er Herrn Ogawa bei seinem Vornamen genannt hatte. Im Gegensatz zum eher unauffälligen Herrn Ogawa hatte Herr Tamaki ein überdurchschnittlich attraktives Gesicht. Er lebte in seiner eigenen Welt und nach seinem eigenen Tempo, machte gerne ironische Witze – doch jetzt war er kreidebleich.

»Nein!«, entgegnete Herr Ogawa und wandte sich danach an alle Anwesenden. »Geht endlich. Ich will allein sein. Das soll nicht ... Lasst mich in Ruhe ...« Er wurde laut. »Ich habe das *Recht* zu tun, was ich will!«

Koichi schreckte auf. Mit großen Schritten lief er auf Herrn Ogawa zu.

»Koichi! Komm nicht näher!«

Seine Stimme überschlug sich, brachte Koichi aber nicht zum Stoppen. Als wolle er vor ihm fliehen, bückte Herr Ogawa sich durch das Loch und zur anderen Seite des Zauns.

»Masahiko! Tu das nicht!«, schrie Herr Tamaki.

Endlich blieb Koichi stehen und fing aus einem mir unerklärlichen Grund an, seine Sportjacke auszuziehen. Sein T-Shirt folgte kurz darauf, bis er mit nacktem Oberkörper auf dem Dach stand.

Bei dem Anblick erstarrte Herr Ogawa vor Schreck. Koichi näherte sich dem Lehrer, bis dieser den mit Blutergüssen übersäten Oberkörper bemerkte. Die Sorgen, die er sich als Lehrer um seine Schüler machte, brachten ihn scheinbar wieder zu Sinnen.

»Herr Ogawa.«

Koichi stand nun am Zaun und sah dem Lehrer ins Gesicht.

»K...Koichi, woher stammen diese Blutergüsse?«

»Die sind von einem Unfall«, erklärte Koichi und senkte den Kopf, um seinen Oberkörper selbst betrachten zu können.

»E...Ein Unfall?«

»Ich wurde gestern von einem LKW angefahren. Dabei hat es meinen Kopf erwischt und mein Herz hat aufgehört zu schlagen.«

Herr Ogawa sah Koichi sprachlos an. Ich bezweifelte, dass er Koichis Erklärung Glauben schenkte. Seine Verwirrung rührte eher daher, dass er nicht verstand, weshalb sein Schüler ihm so ein Märchen erzählte.

Koichi Yamada war der stets gut gelaunte Liebling der Klasse. Ein Sport-Ass, dessen schulische Leistungen etwas zu wünschen übrig ließen, besonders im Japanischunterricht. Das war das Bild, das Herr Ogawa von Koichi hatte. Dass dieser nun halbnackt und mit Wunden übersät vor ihm stand und unverständliches Zeug von sich gab, passte nicht dazu.

Koichi bückte sich leicht und ging durch den Zaun. Ich hielt den Atem an. Die beiden waren nur noch wenige Schritte davon entfernt, vom Dach zu stürzen, und der heulende Wind brachte den beschädigten Zaun wütend zum Rattern.

»K...Koichi, das ist gefährlich! Geh zurück ...«

»Sie stehen noch gefährlicher.«

»D...Das ist meine eigene Entscheidung.«

»Sie glauben vielleicht, dass alles vorbei ist, wenn Sie hier hinunterspringen. Aber dafür gibt es keine Garantie.«

Der Wind trug Koichis Stimme an mein Ohr. Sie klang ruhig, aber ich hörte den Hauch Trauer darin.

»Koichi ...?«

»Hier, fühlen Sie.« Koichi griff Herr Ogawas Hand und zog sie an seine Brust.

»Was ...«

»Sie können keinen Puls spüren, oder?«

»...«

»Mein Herz steht still.«

»...«

Keiner der beiden rührte sich.

Wie Statuen standen sie dort, der Titel des Kunstwerks: *Lehrer legt Hand auf nackte Brust eines Schülers.* Das Einzige, was sie von echten Statuen unterschied, waren ihre Haare, die vom Wind durcheinandergewirbelt wurden.

»Mitsuru ... Verstehst du, was Koichi da gerade von sich gibt?«, fragte Herr Tamaki mich verdutzt. Ich blieb ihm die Antwort schuldig.

»Koichi versucht, Herrn Ogawa umzustimmen!«, sagte Ikumi, um eine Ausrede bemüht.

»Aber was soll das bedeuten, sein Herz schlägt nicht? Mitsuru, was ist mit Koichi passiert?«

»Sie regen mich auf.« Ich machte mir nicht die Mühe, den Ärger aus meiner Stimme und meinem Blick zu halten. »Was tut das gerade zur Sache? Reden Sie lieber mit Herrn Ogawa. Er ist doch Ihr Freund.«

»...«

»Es geht doch um Ihre verkorkste Trennung, oder? Was, wenn Koichi deswegen mit ihm hinabstürzt? Er ist doch schon ... Ach, verdammt ...«

Er war doch schon eine Leiche. Sein ganzer Körper war lädiert. Er durfte auf keinen Fall noch weiter in Mitleidenschaft gezogen werden. Die Sorge um Koichi fuhr durch meine Gliedmaßen und brachte mich dazu, auf ihn und Herrn Ogawa zuzugehen. Im Laufen hob ich Koichis Jacke vom Boden auf.

»Mitsu.« Koichi schaute zu mir.

»Mi...Mitsuru ...«

»Herr Ogawa. Hören Sie mir gut zu.« Ich machte keinen Hehl aus meiner schlechten Laune. »Bei einem Sturz aus dieser Höhe besteht eine nicht geringe Überlebenschance. Sie würden Brüche am ganzen Körper erleiden und es blieben ganz sicher Folgeschäden oder Behinderungen. Ist es das, was Sie wollen?«

»N...Natürlich nicht ...«

»Dachte ich mir. Sie sind sicher hierhergekommen, weil Sie aufgebracht waren, aber wie wäre es, wenn Sie sich erst mal wieder beruhigen? Ich empfehle Ihnen einen Therapeuten und, wenn nötig, Medikamente, bis es ihnen besser geht. Ein Sturz vom Dach löst keines Ihrer Probleme, mal ganz abgesehen von der Gefahr, dass mein bester Freund mit Ihnen hinunterstürzt.«

»M...Mitsuru. Bring Koichi weg von hier ...«

»Haben Sie nicht gerade gespürt, dass Koichi keinen Herzschlag mehr hat?! Er hat schon genug durchgemacht!«

Herr Ogawa, die Augen immer noch weit aufgerissen, berührte erneut Koichis Brust. Fühlte nach seinem Herzschlag. Sein Gesicht zuckte. »Das kann nicht sein ...«, murmelte er und suchte weiter.

»Das bringt nichts. Da können Sie noch so lange suchen«, erklärte ich nüchtern. Ich war vor dem Zaun stehen geblieben. »Koichis Herz schlägt nicht mehr.«

»Was redet ihr beiden da für einen Unfug ...«

»Er ist eine Leiche. Eine, die sich bewegen kann.«

»Genau, ich bin eine Leiche«, verkündigte Koichi und schlug sich dabei auf die Brust. »Ich hab's auch noch nicht verstanden, aber es stimmt. Eigentlich dacht ich ja, ich würd woanders hingehen, nachdem es mich erwischt hatte ... Aber ich bin immer noch hier.«

»H…Hier?«

»Ja, hier. In der irdischen Welt. Sagt man das so? Keine Ahnung. Aber solange Mitsu bei mir ist, will ich mich nicht beschweren.« Koichi lachte. Er brauchte nur mich an seiner Seite. »Mitsu hat meinen verdrehten Fuß wieder eingerenkt und meine Wunde vernäht. Er bekommt einfach alles wieder hin. Aber wenn Sie hier runterfallen, dann …« Koichi schaute flüchtig nach unten, bevor er fortfuhr. »… dann lässt sich Ihr Körper vielleicht nicht mehr flicken.«

»D…Du bist nicht tot … Habe ich recht? Koichi …«

»Laut Mitsus Definition bin ich ein lebender Toter.«

»Aber so was gibt es doch nicht …«

»Der Meinung bin ich eigentlich auch.«

»Ich muss träumen. Das ist ein Traum, oder?«

Nein, das ist kein Traum, wollte ich erwidern. Tief im Inneren hegte ich aber auch den verzweifelten Wunsch, dass es einer war. Immer und immer wieder musste ich mich von der Realität überzeugen. Was aber, wenn sie das hier gar nicht war? Wenn ich mich in einem endlosen Traum befand? Woher wüsste ich, ob ich träume oder nicht? Wo läge dann überhaupt der Unterschied zwischen Traum und Wirklichkeit?

»Ja, vielleicht ist das hier bloß ein Traum.« Koichi sprach das aus, was mir durch den Kopf ging. »Manchmal denk ich das auch. Wär das alles doch nur ein Traum.«

»Du auch, Koichi?«

Koichi nickte lächelnd. »Ja.«

»Wär das bloß ein Traum, würd ich irgendwann aufwachen, den Kopf schütteln und darüber lachen. Ich könnte mir einreden, dass alles in Ordnung ist. Dass sich nichts geändert hat. Dass alles genauso ist wie gestern. Dass ich ganz normal mit Mitsu zur Schule gehen würde …«, sagte Koichi mit sanfter Stimme und ließ Herrn Ogawas Hand los. Vorsichtig legte er seine Hand an den schlanken Hals des Lehrers.

Plötzlich sackte Herr Ogawa auf die Knie. »Uah ...«

Koichi beugte sich leicht zurück, um den bewusstlosen Lehrer zu stützen. Ikumi stieß einen erschreckten Schrei aus. Mir dagegen hatte es die Sprache verschlagen, meine Beine waren wie festgefroren. Koichi hielt Herrn Ogawa fest und nur gerade so die Balance, ehe Herr Tamaki zu ihm eilte und ihm Herrn Ogawa abnahm. Mit ihm in den Armen setzte er sich auf das kalte Dach.

Koichi sank ebenfalls in sich zusammen und landete mit seinem Hintern auf dem Boden. Er schaute zu mir herüber.

»Hatte ich einen Bammel«, lachte er.

»Mitsu, willst du heute nicht zu mir kommen?«

Koichi lud mich nach Ende des Unterrichts zu sich nach Hause ein. Seine Eltern würden sich sicher Sorgen machen, wenn er zwei Tage in Folge bei mir übernachtete, und er konnte nicht die ganze Zeit in seinen Sportklamotten herumlaufen. Ihm eine Schuluniform von mir auszuleihen, kam auch nicht infrage; er hatte eine ganz andere Größe als ich. Es führte also kein Weg daran vorbei, dass er nach Hause ging.

»Ich weiß nicht, ob ich allein zurechtkomme ...« Koichi ließ entmutigt den Kopf hängen.

Insgeheim mochte ich es, wenn er seine schwachen Seiten mit mir teilte, aber das ließ ich mir nicht anmerken.

»Du brauchst dir keine Sorgen zu machen. Heute wirkst du überhaupt nicht wie eine Leiche.«

»Aber denk doch mal an die beiden kleinen Energiebündel in meiner Familie. Was, wenn sie mich tackeln und sich mein Kopf oder meine Beine wieder verdrehen?«

»Das ist ausge…«

Ausgeschlossen, wollte ich sagen, aber war es das wirklich? Koichi schien sich mit reiner Muskelkraft aufrechtzuhalten und damit die Knochenbrüche und Verschiebungen in seinem Körper auszugleichen. Selbst seinen Basketball-Club ließ er fürs Erste ausfallen, weil wir annahmen, dass er plötzliche Stöße nicht gut wegsteckte. Seine Geschwister und ihr Überschuss an Energie stellten vielleicht sogar noch eine größere Gefahr als Sport der dar.

»Wenn du da bist, sind sie nicht so wild wie sonst.«

»Dann war das, was ich bis jetzt gesehen habe, ihr ›nicht so wildes‹ Verhalten?«

»Ja. Minato fliegt sonst immer wie eine Rakete in mich rein.«

»Klingt heftig.«

»Und Nagisa attackiert mich immer aus dem toten Winkel heraus …«

Minato, Koichis jüngerer Bruder, war fünf Jahre alt und seine jüngere Schwester, Nagisa, neun. Die beiden waren in ihren wesentlich älteren Bruder vernarrt und hielten sich nicht zurück, wenn es darum ging, ihm ihre Zuneigung zu zeigen.

»Also, was sagst du? Die beiden liegen mir sowieso ständig in den Ohren, wann du wieder zu Besuch kommst.«

»Ich störe doch bestimmt, wenn ich unangemeldet bei euch hereinschneie. Und deine Mutter hat sicher Besseres zu tun.«

»Quatsch, meine Mutter will dich sehen. Sie mag dein Gesicht total und sagt immer, deine Niedlichkeit würde ihren Stress komplett ausradieren.«

»Keine Ahnung, was das heißen soll … Aber okay, wenn mein Besuch ihr Freude bringt, spricht wohl nichts dagegen.«

Ich war schon öfter bei Koichi zu Hause gewesen, obwohl wir in den meisten Fällen zu mir gingen. Im Gegensatz zu ihm wohnte ich nämlich so gut wie allein, weil mein Vater nur selten da war, weshalb wir auf niemanden Rücksicht nehmen mussten. Bei Koichi dagegen war immer volles Haus. Eine Person mehr oder weniger machte da wohl keinen Unterschied.

Ehrlich gesagt hatte ich Angst, von Koichi getrennt zu sein. Was, wenn in der Zeit etwas Ungewöhnliches mit seinem Körper passierte? Wenn er zu einer ganz normalen Leiche werden würde und ich nie wieder mit ihm reden könnte? Der Gedanke ließ mir einfach keine Ruhe.

»Gut ... Ich komme mit zu dir. Aber ruf erst bei deiner Mutter an und frag, ob das in Ordnung geht.«

Koichi lachte zufrieden, wie ein Kindergartenkind, dass sich darüber freute, bei einem Freund übernachten zu dürfen.

Als wir Seite an Seite die Schule verließen, lief der Klassensprecher eilig an uns vorbei.

»Tschau.«

Koichi winkte zum Abschied, worauf der Klassensprecher mit ernster Miene entgegnete: »Lass dich auf dem Heimweg nicht wieder anfahren!«

Das war vermutlich kein Scherz, sondern ernst gemeint. Er war wirklich einzigartig, unser Klassensprecher.

»Bestimmt hat ihn der Rektor zu sich bestellt.«

Ich stimmte Koichi nickend zu. Sicher ging es um die Sache mit Herrn Ogawa.

»Uns war zufällig aufgefallen, dass Herr Ogawa sich ungewöhnlich verhielten, weshalb wir ihm ins alte Schulgebäude gefolgt sind. Diese Erklärung hatte ich mir mit dem Klassensprecher zurechtgelegt.«

»Zufällig?«

»Ja, zufällig. Es gibt keinen Grund für uns, weiter ins Detail zu gehen. Am Ende will die Schule sowieso bloß, dass alle Schüler, die vor Ort gewesen sind, den Vorfall vergessen und sich darüber ausschweigen. Offiziell haben wir Herrn Ogawa nur in Gedanken versunken auf dem Dach der alten Schule gefunden.«

»Ich hatte eh nicht vor, irgendwem davon zu erzählen ... Aber ist das Problem damit wirklich gelöst?«

»Herr Ogawa soll zurzeit im Krankenhaus sein. Um den Rest kümmern sich die Erwachsenen selbst. Naja, und du ... Du warst jedenfalls der Wahnsinn, wie du Herr Ogawa aufgehalten hast.«

»I...Ich war der Wahnsinn?«, wiederholte Koichi verlegen.

Es kam nur selten vor, dass ich ihn so direkt lobte. Es schien ihm peinlich zu sein.

»Warst du. Hoffentlich geht es ihm bald wieder besser, Herr Ogawa ist ein toller Lehrer.«

»Ja.«

»Aber sag mal, woher hast du das gewusst? Dass er in der alten Schule war, meine ich.«

»Hmm ... Es war, als würde mich irgendwas zu ihm führen.«

»Irgendwas?«

»Was meinst du, was das war?«, fragte Koichi mich.

»Woher soll ich das wissen?« Manchmal schien er zu glauben, ich hätte auf alles eine Antwort. »Und was hast du mit seinem Hals gemacht? Es sah nicht so aus, als hättest du ihm die Halsschlagader abgedrückt.«

Tat man dies für eine kurze Zeit, wurde der Blutfluss gehemmt, was zum Bewusstseinsverlust führte. Das Prinzip lag allen Würgetechniken im Kampfsport zugrunde. Allerdings war das alles andere als einfach umzusetzen und offensichtlich auch gefährlich.

»Das versteh ich auch nicht ganz. Ich wollt es einfach tun. Es hat sich richtig angefühlt.« Auf der Suche nach den richtigen Worten gestikulierte er unruhig mit den Händen in der Luft. Doch letztlich konnte er es nicht erklären und gab auf. Wir wussten nur mit Bestimmtheit, wie viel wir nicht wussten.

»Ich frag mich, ob Herr Ogawa und Herr Tamaki ein Paar sind.«

»Denke schon.«

»Hast du das vorher schon gewusst?«

»Ich hatte da so ein Gefühl. Die beiden haben sich auffällig oft in die Augen geschaut.«

»Das hab ich überhaupt nicht bemerkt ...«

»Damit bist du sicher nicht allein. Sumiko und ich sind wahrscheinlich die Einzigen, denen das aufgefallen ist.«

»Ob sie sich getrennt haben? Herr Ogawa muss ihn sehr geliebt haben, wenn ihn das so mitgenommen hat ...«, sagte Koichi leise, während wir an der Ampel warteten.

Mir ging dasselbe durch den Kopf. Wenn man jemanden liebte und von dieser Person zurückgeliebt wurde, konnte das Ende einer solchen Beziehung fatal sein. Früher hätte ich es womöglich lächerlich gefunden, wegen so etwas sterben zu wollen. Aber jetzt nicht mehr. Nicht, seit ich mich in Koichi verliebt hatte. Ich konnte nachvollziehen, warum Herr Ogawa am Boden zerstört war. Nicht vollumfänglich, aber ich hatte eine gute Vorstellung von seinem Schmerz.

»Hatschiii ...«, entkam mir beim Grübeln ein Niesen.

Koichi versuchte, mir seinen Schal umzuwickeln. Den hatte Ikumi ihm geliehen, um die Blutergüsse an seinem Hals zu verdecken.

»Schon gut.« Ich schob den flauschigen, gelben Schal wieder zurück zu Koichi.

»Nein, so fängst du dir noch eine Erkältung.«

»Den hat Ikumi dir geliehen. Behalt ihn an.«

»Mir ist aber gar nicht kalt. Ich bin eh schon gestorben.«

»Du sollst dieses Wort nicht sagen.«

»Äh, ich meinte, ich bin eine Leiche. Deswegen.«

»Ist auch egal. Ich brauch keinen Schal.«

Ich versuchte, weiterzugehen, um weitere Diskussionen zu vermeiden, aber Koichi zog mich mit einem kräftigen Ruck wieder zu sich und wickelte mir den Schal kommentarlos um. Ikumi hatte einen etwas speziellen Geschmack, was Farben anging, weshalb jetzt ein schrilles Neongelb meinen Hals schmückte.

»Die Farbe steht dir echt toll. Du siehst süß aus. Wie das Maskottchen von diesen Ramen mit Hühnchengeschmack, Hiyoko-chan.«

Es machte ihm sichtlich Spaß, mir den Schal sorgfältig umzubinden. Er wusste, dass ich es nicht mochte, »süß« genannt zu werden – wegen meines kindlichen Gesichts hatte ich deswegen Komplexe. Aber obwohl es mir peinlich war, sagte ich nichts, als er es auf offener Straße mehrmals lautstark wiederholte. Ich lief lediglich los, um ihn abzuschütteln, als es mir zu viel wurde.

»Mitsu! Warte.«

Dass Koichi mir hinterherlaufen würde, wusste ich mit hundertprozentiger Sicherheit. Andernfalls wäre ich gar nicht erst losgelaufen.

»Ach du meine Güte! Mitsu! Wie schön, dass du zu uns gekommen bist. Du siehst heute wieder knuffig aus! Irgendwas an dir erinnert mich an Hiyoko-chan! Ach ja, der Schal!«

Das war schon das zweite Mal innerhalb kürzester Zeit, dass man mich mit Hiyoko-chan verglich. Im Gegensatz zu Koichi konnte ich auf seine Mutter allerdings nicht wütend werden – und ehrlich gesagt störten ihre Worte mich gar nicht so sehr.

»Du bist einfach mein Star. Es ist immer ein Highlight, dich zu sehen ...«

Sie ließ ihren Blick nicht von mir. Ich wusste nicht, was ich erwidern sollte. Ihr Verhalten ergab mehr Sinn, seit ich erfahren hatte, wer ihr Lieblingsstar war. Man hatte mir schon öfter gesagt, dass ich ihm ähnelte.

»Setz dich. Iss eine Mandarine. Heute Abend gibt es Eintopf. Naja, bei uns gibt es eigentlich jeden Abend Eintopf«, redete sie fröhlich drauflos.

Als ich ihr meine Hilfe anbot, fuhr sie sich über ihren runden Bauch.

»Das brauchst du nicht. Ich sollte eh in Bewegung bleiben.«

Sie war schwanger, der Geburtstermin war in einem Monat. Dann würde Koichi eine siebzehn Jahre jüngere Schwester oder einen siebzehn Jahre jüngeren Bruder bekommen. Ich wusste zwar nicht, wie alt seine Mutter war, aber ich nahm an, dass sie Koichi ziemlich jung bekommen hatte.

»Ich kümmere mich ums Kochen. Könntest du Nagisa bei ihren Schulaufgaben helfen, bis das Essen fertig ist? Du kannst viel besser erklären als Koichi.«

»Hey«, murrte Koichi. Seine Mutter lachte.

Nagisa hatte bereits ihr Mathebuch zur Hand und machte es sich neben mir unter dem Kotatsu gemütlich. Zur Winter-

zeit stand immer ein riesiger Tisch mit Heizdecke im Wohnzimmer der Yamadas, an dem sich die ganze Familie ver-
sammelte. Minato nahm auf der gegenüberliegenden Seite
des Tisches Platz und schälte mit seinen kleinen Händen eine
Mandarine. Er war erst fünf, aber ziemlich geschickt. Als ich
ihn dafür lobte, grinste er über das ganze Gesicht.

Da der Platz neben mir besetzt war, musste Koichi auf der
anderen Seite sitzen. Er grinste, als er dem zweiten großen
Bruder der Familie dabei zusah, wie er seinen Geschwistern
half. Aus der Küche drang der Geruch von Eintopfbrühe zu
uns und im Fernsehen lief eine Comedyshow. Koichis Vater
kam als Letzter nach Hause.

»Bin wieder da!«

»Papa!«, rief Minato und lief fröhlich zum Hauseingang.

Bei den Yamadas zu sein, erinnerte mich jedes Mal an
Familien aus alten Fernsehsendungen. Der Unterschied zu
meiner eigenen Familie war so groß, dass ich anfangs davon
überwältigt war. Die heimelige Atmosphäre, die Wärme
und Lebhaftigkeit waren mir fast schon unangenehm gewesen.

Mein erster Besuch bei den Yamadas hatte im Sommer
unseres ersten Jahrs an der Oberschule stattgefunden. Es
dauerte knapp ein Jahr, bis ich mich an die Atmosphäre in
Koichis Familie gewöhnt hatte. Minato und Nagisa hatten
viel dazu beigetragen – von allen hatten sie die wenigsten Be-
rührungsängste. Als Einzelkind hatte ich zwar keine Ahnung
gehabt, wie ich mit ihnen umgehen sollte, aber das hatte sie
nie aufgehalten. Für mich hatte es nur zwei Optionen gegeben: Entweder würde ich zu ihrem zweiten großen Bruder
werden oder Koichi nie wieder Zuhause besuchen können.
Ich hatte mich für Ersteres entschieden.

»Ohne dich hätte Koichi das Schuljahr vielleicht nicht geschafft«, sagte seine Mutter beim Abendessen mit ernster Stimme. »Es ist sowieso ein Wunder, dass er es an diese Oberschule geschafft hat. Als sein Lehrer aus der Mittelschule uns darüber informiert hat, dass Koichi bestanden hat, dachte unser Sohn zuerst, es handle sich um eine Verwechslung. Er ist persönlich zur Schule gegangen, um nachzufragen. Ich bin damals sogar mit, erinnerst du dich? Hahaha. Kommt, jetzt schlagt ordentlich zu! Nagisa, hey, ich sehe, wie du dir nur die Hackbällchen krallst!«

Auf der Mitte des Tisches dampfte der Kochtopf. Bei den Yamadas gehörten Eintöpfe mit Hähnchen-Hackbällchen und Gemüse zum Winter, erklärte mir Koichis Vater. Er war Sozialarbeiter und kümmerte sich um die Pflege von Senioren.

»Wir haben im Büro neue Computer bekommen und müssen damit unsere Terminpläne verwalten ... Ich komme damit einfach nicht zurecht. Kennst du dich damit aus, Mitsu?«

»Ja, tue ich«, antwortete ich.

»Wirklich? Darf ich dir nach dem Essen ein paar Fragen stell- ...«

»Nein, Papa! Mitsu ist gekommen, um mit mir zu spielen!«

»Nein, Mitsu spielt mit mir Karten!«

»He, Mitsu ist mein Freund, nicht eurer. Er ist wegen mir hier ...«

Koichis Mutter brachte zusätzlich Kartoffelsalat auf den Tisch und kommentierte lachend: »Du bist heiß umkämpft, Mitsu.«

Dass Koichi so oft lachte, hatte er wohl von seiner Mutter.

»Mensch, Koichi. Dass du dir ausgerechnet den Magen

verderben musst, wenn Mitsu zu Besuch kommt. Du hast doch bestimmt heimlich Eis gegessen. Und das bei der Kälte. Mitsu, jetzt musst du Koichis Portion mitessen. Hier, diese Shiitake-Pilze sind lecker, richtig dick und saftig.«

»Danke. Dann bin ich mal so frei.«

Ich aß wesentlich mehr als sonst. Neben dem Eintopf gab es noch Kartoffelsalat, kandierte Süßkartoffeln und in Sojasoße gekochte Schwarzwurzeln. Alles wurde auf einem großen Teller serviert, von dem sich jeder selbst mit seinen Stäbchen nahm. So stellte ich mir das bei Exkursionen des Sportclubs vor.

Koichi rührte auch dieses Mal nichts von dem Essen an. Er hatte sein Kinn in die Hand gestützt und schaute lächelnd seiner Familie und mir beim Essen zu.

»Nagisa, du bist heute so zurückhaltend. Normalerweise inhalierst du dein Essen. Ach ... Etwa, weil Mitsu da ist?«

»Ich weiß nicht, was du meinst, Bruder. Du bist blöd.«

»Aua, meine Schwester hat mich blöd genannt!«

»Mama, ich will keinen Lauch essen!«

»Der Lauch wird gegessen, Minato! Sonst gibt es morgen kein schönes Wetter!«

»Aber ich hasse Lauch!«

»Soll ich ihn für dich rauspicken?«

»Koichi, hör auf, ihn zu verhätscheln.«

»Mitsu, hast du eigentlich eine Freundin?«

»Nagisa, das geht dich gar nichts an!«

»Klappe, Koichi.«

»Nein, hab ich nicht.«

»Was? Aber du siehst doch so gut aus!«

»Mama, ich will noch mehr Fleischbällchen!«

»Ich geb dir welche. Minato, bleib sitzen.«

Koichi hob sich seinen kleinen Bruder auf den Schoß, nahm seinen Teller und legte Fleischbällchen darauf. Danach pustete er, damit sie nicht zu heiß waren. Er war geübt darin, mit seinen Geschwistern umzugehen.

Mit einem flüchtigen Blick bemerkte ich, dass die Fenster des Wohnzimmers beschlagen waren und sich Kondenswasser an den Fensterrahmen gebildet hatte. Draußen musste es bitterkalt sein. Hier drinnen war es laut und fühlte sich für mich inmitten der Familienidylle immer noch etwas merkwürdig an, aber das Haus war wohlig warm.

Seit meiner Kindheit war ich oft allein. Meine Mutter verstarb früh, mein Vater war mit seiner Arbeit beschäftigt und Geschwister hatte ich keine. Seit ich denken kann, hatte ich mein eigenes Zimmer. Wenn unsere Haushälterin Eintopfgerichte zubereitete, verwendete sie einen kleinen Topf für eine Person. In dem seltenen Fall, dass ich mit meinem Vater gemeinsam aß, waren es zwei einzelne Töpfe. Im Hause Ohmi war das die Normalität. Nicht, dass ich mich darüber beklagen wollte. Zwar machte es Spaß, Koichis Familie zu besuchen, aber auf Dauer könnte ich wahrscheinlich nicht hier leben. Ich brauchte einen Ort, an den ich mich zurückziehen und allein sein konnte.

Anscheinend war ich so in meinen Gedanken versunken, dass ich zu Essen aufgehört hatte. »Iss, iss!«, drängte man mich von Neuem, woraufhin ich mich schnell wieder dem Eintopf zuwandte.

Nach dem Abendessen erklärte ich Koichis Vater ein wenig, wie Computer funktionierten, spielte mit Nagisa ein Videospiel und mit Minato Karten. Danach las ich ihm etwas vor. Beim dritten Bilderbuch erlöste mich Koichis Mutter, indem sie sagte, dass das Bad jetzt für mich frei sei.

Ich badete und ging danach direkt zu Koichis Zimmer im ersten Stock. Auf den Tatami-Matten lagen bereits zwei Futons. Koichi ging nach mir ins Bad und kam wenig später mit zwei Softdrinks in den Händen zurück. Wir setzten uns auf die Futons und er reichte mir eine Dose. Ich stellte mir vor, wie wir als Erwachsene mit einem Bier nach dem Baden anstießen. Ob das für uns irgendwann möglich wäre?

Wir saßen im Schneidersitz auf unseren Futons. Koichi hatte nur einen winzigen Schluck genommen, bevor er seine Dose wieder zurückstellte. Von der Seite wirkte er genauso gelassen wie immer.

Als er meinen Blick bemerkte, wandte er sich mit einem Lächeln zu mir. »Meine Pyjamas sehen an dir riesig aus.«

»Die sind ja auch riesig.«

»Du wirkst müde. War der Abend anstrengend für dich?«

»Ja, ein wenig.«

»Meine Familie hat einfach einen Narren an dir gefressen.«

»...«

»Aber niemand hat dich so lieb wie ich. Du bist nämlich meine Nummer eins. Das weißt du schon, aber ich wollte es noch mal sagen, um sicherzugehen«, sagte Koichi scherzhaft.

Ich rückte näher an ihn heran. Er war noch ganz warm vom Baden und roch nach demselben Shampoo, das ich benutzt hatte. Ich lehnte mich an Koichi und legte meine Hand auf sein Herz. Vielleicht würde es doch ganz plötzlich wieder zu schlagen beginnen.

»Mitsu ...«

Da war kein Herzschlag zu fühlen. Doch ich weigerte mich, aufzugeben, und legte mein Ohr an seine Brust.

Es war still. So still, dass ich verzweifeln wollte.

Koichi umarmte mich sanft.

»Tut mir leid«, hörte ich ihn leise sagen. »Tut mir leid. Es wird nicht wieder anfangen zu schlagen.«

»Woher willst du das wissen?«

»Ich weiß es einfach ... Es geht schließlich um meinen Körper, ich spür das irgendwie.«

»Du kannst nicht einfach aufgeben! Klammere dich an dein Leben!«

»Tu ich das nicht schon in gewisser Weise? Schau, ich beweg mich, obwohl mein Herz nicht mehr schlägt.«

Er hatte recht.

Ich nahm Abstand und setzte mich zurück auf meinen Futon. Länger konnte ich nicht so dicht bei ihm sein, ohne dass es zu »Problemen« gekommen wäre. Zimmer im japanischen Stil wie dieses haben zu dünne Wände.

»Hast du deinem Vater Bescheid gegeben, dass du heute bei mir übernachtest?«

»Ja. Von ihm kam nur ein ›Ach so‹. Er ist zwar zu Hause, muss aber morgen früh zu einer Operation.«

»Das stell ich mir echt stressig vor, die Verantwortung für das Leben der Patienten in den eigenen Händen zu halten ...«

Da waren wir einer Meinung. Mein Vater liebte zwar Weniges mehr, als Geld und Ruhm, aber die eine Sache, die beides übertraf, war das lachende Gesicht eines genesenen Patienten. Ich wusste zwar nicht, was er tief in seinem Herzen für mich empfand, aber als sein Sohn war mir zumindest das klar.

»Mitsu, sag mal ... Die Ärztin, die mich untersucht hat. Ist sie ...«

»Ja«, sagte ich und ließ mich auf den Futon fallen. »Sie ist seine Freundin.«

»Also doch.«

»Sie sind schon seit einigen Jahren zusammen.«

»Ähm … Naja, dein Vater ist doch alleinstehend, oder?«

»Er ja, sie aber nicht. Es ist eine Affäre.«

»Oha!«

Oha? Koichis Reaktion brachte mich gegen meinen Willen zum Lachen.

»Ich wollte sie damit nicht erpressen, aber wir hatten keine eine andere Wahl. Doktor Kasumi und ihr Ehepartner leben bereits getrennt. Es wird wohl nicht mehr lange dauern, bis sie sich scheiden lassen.«

»Woher weißt du das denn?«

»Von einer Krankenschwester … Nein, sie ist jetzt Krankenpflegerin. Ich habe sie jedenfalls gefragt, als man mich zur Karaoke-Party eingeladen hat.«

»Zur Karaoke-Party?«

»Ich verstehe mich ziemlich gut mit der Oberschwester der Inneren. Ich kenne sie schon ewig, sie ist für mich quasi wie eine Großmutter. Sie war sogar schon zum Elterntag für mich in die Schule. Sobald Doktor Kasumi geschieden ist, werden sie und mein Vater vermutlich heiraten …«, dachte ich laut nach, mein Blick geistesabwesend zur Decke gerichtet. Von der Lampe hing der Schnurschalter herab, an dessen Ende ein kleines Pikachu baumelte. Es machte automatisch das Licht aus, nachdem man eingeschlafen war. Echt praktisch.

»Ist das für dich echt okay?« Koichi machte sich mit den Fingern an der Schnur zu schaffen.

»Es geht mich nichts an«, antwortete ich.

»Aber würde sie dann nicht deine Mutter werden?«

»Ich will sowieso allein leben, wenn ich studiere. Das betrifft mich also kaum. Es könnte höchstens beim Erbe Probleme geben. Aber eigentlich ist mir das auch egal. Ist nicht so, als wüsste ich, was es heißt, eine Mutter zu haben.«

»Deine Mutter ist ja schon verstorben, als du acht warst.«

»Ja. Und als ich vier war, wurde sie ins Krankenhaus eingeliefert. Ich habe so gut wie keine Erinnerungen an unser gemeinsames Leben zu Hause.«

»Sie war so lange im Krankenhaus? Das wusste ich nicht.«

»Hab ich dir das nicht erzählt?«

Ich drehte mich auf dem Futon um. Koichi legte sich ebenfalls hin. Unsere Schultern berührten sich.

»Ich erinnere mich nur daran, dass sie streng war und ich Angst vor ihr hatte. Sie sagte ständig so etwas wie: ›Bist du auch ein braves Kind? Lernst du fleißig? Isst du auch alles? Achte auf deine Haltung! Geh leise, wir sind hier im Krankenhaus.‹«

Die Erinnerungen an meine Mutter waren verschwommen. Sie hatte sich trotz ihrer Krankheit immer aufrecht gehalten, war schlank und schön gewesen, ihr Blick aber war streng. Man sagte mir öfter, mein Gesicht würde dem meiner Mutter ähneln, doch ich wusste nicht, ob das stimmte. Vielleicht hatte ich meine einzelgängerische Art von ihr geerbt, obwohl mein Vater nicht weniger ungesellig war.

Nachdem meine Mutter ins Krankenhaus eingeliefert worden war, hatte ich bis zum Ende der Grundschule bei meinen Großeltern väterlicherseits gelebt. Rückblickend betrachtet hatten meine Großmutter und meine Mutter wohl kein gutes Verhältnis gehabt. Sie war nie mit mir ins Krankenhaus gegangen und letztlich war meine Mutter in dem Jahr gestorben, in dem ich in die Mittelschule gekommen war.

»Ich kann mich nicht daran erinnern, dass sie mir je über den Kopf gestrichen oder mich in den Arm genommen hätte. Vielleicht, als ich noch ein Baby war, aber das kann ich unmöglich wissen.«

Damals hatte sie noch genug Kraft gehabt, um mich herumzukommandieren. Im letzten halben Jahr ihres Lebens war davon nichts mehr übrig gewesen. Sie war bettlägerig, hatte kaum gesprochen und meinen Namen nur gerufen, um mich dann wortlos anzustarren. Allein die Augen offen zu halten, hatte sie bereits erschöpft. Mich hatte es fertig gemacht, sie so zu sehen. Einmal hatte mein Vater mich zu ihr geschoben. Ich hatte ihr vorsichtig meine Hand gereicht und Angst bekommen, als ich ihre Finger sah. Auf mich hatten sie wie vertrocknete Äste gewirkt.

»Als ich acht war, kam mein Vater einmal in der Nacht in mein Zimmer, um mich aufzuwecken. Das hatte er vorher noch nie getan, deswegen wusste ich sofort, was los war. Dass meine Mutter gestorben war.«

Vater hatte uns mit dem Auto ins Krankenhaus gefahren. Ich war davon ausgegangen, dass sie bereits tot war, aber tatsächlich hatte sie im Sterben gelegen. Die meisten Schläuche, die an ihrem Körper befestigt gewesen waren, hatte man entfernt. Sie war nicht mehr bei Bewusstsein, doch ihr Körper war noch warm.

Mein Vater hatte mich aufgefordert, mich von Mutter zu verabschieden. Am liebsten hätte ich gar nichts gesagt, hatte mich aber dazu gebracht, etwas zu flüstern: *Leb wohl.*

»Kurz darauf soll sie ihren letzten Atemzug getan haben.«

»Verstehe ...«

»Ich habe damals nicht geweint. Nicht, weil ich nicht traurig war ... Es fühlte sich einfach nicht echt an. Sie war zwar meine Mutter, aber wir standen uns nicht nah. Ich muss ihr gegenüber ein kaltherziger Sohn gewesen sein.«

Koichi umarmte mich von hinten.

»Mitsu, du bist so warm.«

Meine Körpertemperatur? Oder ich als Mensch? So wie ich Koichi kannte, meinte er beides, um mich aufzumuntern.

Er drückte mich fester, bis es fast wehtat. Die enge Umarmung machte mich glücklich. Sie ließ mich spüren, dass er echt war.

Ich streichelte seine Arme, mit denen er mich umschlossen hielt, unentschlossen, ob ich mich zu ihm umdrehen sollte, um ihn zu küssen. Aber als mir seine Geschwister einfielen, ließ ich es letztlich bleiben.

Kapitel 4

Am Nachmittag des dritten Tages, nachdem Koichi eine
Leiche geworden war, bemerkte ich etwas Ungewöhnliches.
Auslöser war ein Test im Geschichtsunterricht. Die Auf-
gabenblätter wurden wie immer nach hinten durchgereicht.

Koichi machte auf dem Platz neben mir ein mürrisches
Gesicht. Wenn es darum ging, Jahreszahlen in die christliche
Zeitrechnung zu übertragen, würde er es sogar fertigbrin-
gen, sein eigenes Geburtsjahr falsch zu schreiben. Als ob so
jemand sich merken könnte, wann die Puritanische Revo-
lution stattgefunden hatte. Zu Koichis Leidwesen tendierte
unser Geschichtslehrer – ein älterer Herr – dazu, seine Tests
sehr gewissenhaft zu gestalten.

Ein Mädchen meldete sich vom hintersten Platz aus
Koichis Reihe. »Es fehlt noch ein Blatt.«

Ungläubig schaute der Lehrer in die betroffene Reihe. »Da liegt es doch. Da auf dem freien Platz.«

Koichi hielt seinen Druckbleistift bereits schreibbereit in der Hand, als der Lehrer ihm, ohne ihn eines Blickes zu würdigen, den Test wegnahm und ihn nach hinten brachte. Die Schülerin nahm ihn völlig verdutzt entgegen.

Hatte der Lehrer Koichi nicht gesehen? Aber nein – einen derart großen Schüler konnte man selbst mit fortgeschrittener Altersweitsichtigkeit unmöglich übersehen. Vielleicht sollte es ein Witz sein, obwohl der Geschichtslehrer nicht gerade für seinen Humor bekannt war.

Mir fiel noch etwas auf: Zwar reagierten die meisten Schüler mit Verwunderung auf das, was gerade passiert war, allerdings gab es auch welche, die unbekümmert ihre Namen auf den Test schrieben und wirkten, als sei nichts vorgefallen. Konnte es sein, dass sie Koichi nicht wahrnahmen? Dass er für sie genauso unsichtbar war wie für den alten Lehrer?

Wie sich herausstellte, lag ich mit meiner Vermutung richtig.

»Manchmal werd ich ignoriert, selbst wenn ich jemanden von mir aus anspreche«, erzählte Koichi mir in der Mittagspause. Wir unterhielten uns im leeren Biologieraum miteinander. Dem Klassensprecher war es vorhin auch aufgefallen, weshalb er sich bei uns befand.

»Soweit ich das bisher beobachten konnte, sind es sechs oder sieben Personen. Alles Leute, die kaum mit Koichi zu tun hatten. Diejenigen, die sich sonst mit ihm unterhalten haben, können ihn nach wie vor sehen. Was machen wir jetzt? Sollen wir eine Umfrage starten? So etwas wie: ›Kannst du Koichi Yamada sehen?‹«

»Hast du sie noch alle?«

Bei meinem beißenden Kommentar verzog der Klassensprecher beleidigt das Gesicht. »Aber ist es nicht auch für Koichi hilfreich, wenn wir uns ein Bild von der Lage machen? Was, wenn bald etwas mit ihm passiert?«

»Was soll denn mit ihm passieren?«

»Genau das ist es ja! Das wissen wir eben nicht.«

»Dann können wir auch nichts dagegen tun. Was bringt uns das dann? Nichts!«

»Mitsuru? Warum bist du so wütend?«

Ich wandte meinen Blick ab. Er hatte recht. Ich war gereizt, natürlich war ich das. Wie konnte es sein, dass sie Koichi nicht mehr sahen?

»Hmm ... Ich hab eher das Gefühl, dass sie mich vergessen haben.«

»Vergessen?«

Koichi sah mich an und nickte. »Man vergisst Verstorbene eben irgendwann, oder nicht? Wenn zum Beispiel jemand Berühmtes, ein Star oder so, stirbt, sind erstmal alle schockiert, aber irgendwann verschwindet diese Person dann langsam aus unserem Gedächtnis.«

»Du bist aber kein Star.«

»Ja, stimmt. Aber ähnlich ist es trotzdem. Wer stirbt, wird mit der Zeit vergessen.«

»Jetzt, wo du's sagst. Meine Großmutter ist vor drei Jahren verstorben und in letzter Zeit denke ich kaum noch an sie«, murmelte der Klassensprecher.

»Genau das mein ich. Ich glaub, das ist ganz normal. Die Leute sind schon genug mit den Lebenden beschäftigt. Für die Toten haben sie ...«

»Aber du lebst noch!«, brach es aus mir heraus.

Der Klassensprecher zuckte zusammen.

»Mitsu …«, sagte Koichi bedrückt.

»Du bist vielleicht eine Leiche, aber du lebst! Du kannst dich bewegen, du redest. Also bist du am Leben. Ich kann dich klar und deutlich erkennen, der Klassensprecher auch, oder?«

»J...Ja. Ich sehe dich, Koichi.«

»Danke, ihr beiden.« Koichi lachte so sehr, dass sich Falten in seinem Gesicht bildeten. »Immerhin musste ich den Test nicht mitschreiben. Hat also auch seine guten Seiten.«

Kraftlos ließ ich mich auf einen der Hocker im Biologiezimmer fallen. Wie würde es wohl weitergehen? Hatte es mit der eigenen Erinnerung zu tun, ob man ihn sehen konnte? War das wirklich der Grund?

»Dann …«, ich sah zu Koichi hinauf, »… werde ich dich auf jeden Fall auch in Zukunft sehen können.«

»Mitsu…«

»Ich werde dich nämlich niemals vergessen, komme was wolle.«

Solange ich mich an ihn erinnern würde, konnte ich ihn sehen. Solange ich ihn sah, war er an meiner Seite. Ob er nun eine Leiche oder sonst was war, spielte für mich keine Rolle, denn er war bei mir. Ich konnte ihn anfassen.

»Ich werde dich auch nicht vergessen. Wie könnte ich? Einen Schüler, der ohne Herzschlag zum Unterricht kommt, sieht man nicht alle Tage.«

»Wer hat keinen Herzschlag?«, erklang plötzlich eine Stimme.

Wir drei zuckten erschrocken zusammen. Der Klassensprecher sogar so sehr, dass er mit der Hüfte gegen die Kante eines Tisches stieß und vor Schmerzen laut aufschrie. Der Tisch selbst war massiv und bewegte sich keinen Millimeter.

»Ach, ihr seid die Schüler aus der C. Alles in Ordnung, Klassensprecher?«

Herr Tamaki trat vor uns. Anscheinend hatte er sich im Vorbereitungsraum nebenan aufgehalten, der durch eine Tür direkt mit dem Biologieraum verbunden war.

Hatte er etwa unser gesamtes Gespräch mitgehört? Ich unterdrückte meine Sorge und sagte ruhig: »Wir wussten nicht, dass Sie im Vorbereitungsraum waren, Herr Tamaki.«

»Wo sollte ich sonst sein? Ich bin Biologielehrer.«

»Was tragen Sie da bei sich?«, fragte Koichi neugierig.

Herr Tamaki hob das Becherglas, in dem sich irgendetwas bewegte, hoch. »Das sind Japankärpflinge.«

Koichi spähte ins Glas hinein. »Ach so! Die sind aber süß!«

»Das ist Futter für unseren Axel.«

Axel war der Spitzname des Axolotls, der im Biologieraum gehalten wurde. Man bezeichnete diese Art auch als Schwanzlurch.

»Sie werden also verfüttert. Wie schade ...«

»Na, du isst doch auch Fisch.«

»Ja, schon ...«, sagte Koichi niedergeschlagen und rückte dichter an mich heran.

Als Herr Tamaki das sah, sagte er: »Ihr beiden versteht euch ja wirklich prächtig.«

Seine Worte hatten sicher keine tiefere Bedeutung, trotzdem zuckte ich kurz zusammen. Vor meinem inneren Auge sah ich Herrn Ogawas Gesicht. Herr Tamaki soll ihn nach dem Vorfall letztens mit seinem Auto zum Krankenhaus gefahren haben. Die anderen Schüler wussten zwar nichts von den Umständen, aber der Schuldirektor und sein Stellvertreter waren, wenig überraschend, über das Verhältnis der beiden im Bilde. Nach dem Klassensprecher wurden auch

Koichi und ich zum Büro des Direktors gerufen und darauf aufmerksam gemacht, die Sache für uns zu behalten.

»Als ob wir plaudern würden! Wir mögen Ogawa doch«, hatte Ikumi geschmollt. Sumiko äußerte sich nicht dazu.

»Aua, tut das weh …« Der Klassensprecher stöhnte immer noch vor Schmerzen, während er sich die Stelle rieb, an der er sich gestoßen hatte.

»Lass dir im Krankenzimmer ein Kühlkissen geben«, schlug Herr Tamaki vor.

Und so verließ der Klassensprecher stöhnend den Raum.

Herr Tamaki schaute zu mir. »Also, was hatte es mit dem Gespräch über lebende Leichen auf sich?«

Er hat es also doch gehört. Innerlich ärgerte mich, spielte nach außen hin aber den Ahnungslosen. »Ach das. Es ging um einen Film. Einen Zombiefilm. Da können sich Leichen doch bewegen.«

»Ah, es geht um Zombies.«

»Kann es so etwas in der Realität geben?«, fragte ich.

»Nein, Tote können sich nicht bewegen. Zumindest keine toten Menschen«, antwortete Herr Tamaki.

»Heißt das, Zombies sind eigentlich gar nicht tot?«, warf Koichi ein.

»Um das diskutieren zu können, müssen wir uns zuerst auf eine Definition von Leben und Tod einigen«, sagte Herr Tamaki in bester Biologielehrermanier, während er die Japankärpflinge an Axel verfütterte. »Mitsuru, du hast sicher schon einmal von Lebewesen gehört, die nicht sterben.«

»Ja.«

Koichi reagierte mit einem seltsamen Laut auf meine Antwort. »Redet ihr von Unsterblichkeit? Gibt es das wirklich?«

»So meinte er das nicht, Koichi. Es gibt doch bakterienartige Einzeller, die sich verbreiten, indem sie Klone von sich erzeugen. Diese Klone sind mit dem Original identisch. Solange ihre Umwelt also zulässt, dass sie sich weiter vermehren, sind sie aus genetischer Sicht unsterblich.«

Koichi neigte verwirrt den Kopf zur Seite.

»Das haben wir im Unterricht behandelt«, entgegnete Herr Tamaki schmunzelnd. »Ich habe nichts anderes von dir erwartet, Mitsuru. Definiert man lebendig als ›auf genetischer Ebene in identischer Form fortbestehend‹, dann sind Bakterien, solange sie weiter Klone von sich erstellen können, unsterblich. Sollte zum Beispiel eine neue Bakterienart den Körper eines Zombies übernehmen, könnte sie sich vermehren und ihn auf diese Weise bewegen. In dem Fall könnte man davon sprechen, dass der Zombie lebendig ist.«

»Das ist total eklig, Herr Tamaki. Da sind mir normale Zombies lieber.«

»Stimmt allerdings. Besser man wird zu einem normalen Zombie oder man stirbt sofort«, sagte Herr Tamaki und richtete sich wieder auf. Zum Füttern hatte er sich vorgebeugt.

Oder man stirbt sofort, hallte es in meinem Kopf nach.

»Danke wegen gestern«, sagte er unvermittelt. »Ich wollte euch deshalb nicht extra zu mir rufen, deswegen bedanke ich mich erst jetzt. Wäre Koichi nicht gewesen, hätte das vielleicht ein böses Ende genommen. Danke, du warst unsere Rettung.«

Er hätte sich echt schon früher bei uns bedanken können, dachte ich, doch Koichi schien sich nicht daran zu stören.

»Gar kein Problem, ich bin bloß froh, dass Herrn Ogawa nichts passiert ist.«

»Der Direktor hat gesagt, dass Herr Ogawa noch eine Weile im Krankenhaus bleibt. Ich hoffe, dass er schnell wieder entlassen werden kann.«

»Ja, das tue ich auch. Ich glaube aber nicht, dass er wieder an diese Schule zurückkehren wird.«

»Was? Echt jetzt?«

»Weil die Sache zwischen uns aufgeflogen ist.«

»Wie?« Der Einwurf kam diesmal von mir.

Herr Tamaki schaute zu mir und sagte: »Aufgeflogen ist das falsche Wort. Ich habe dem Direktor von uns erzählt. Darauf hieß es, einer von uns beiden müsse diese Schule verlassen. Ich war bereits darauf eingestellt zu gehen, aber Masahiko meinte, dass er kündigen wolle.« Er nannte Herrn Ogawa bei seinem Vornamen. Wollte er damit zeigen, dass er kein Geheimnis mehr daraus machte? »Er will woanders einen Neuanfang wagen.«

»Dass er an die Zukunft denkt, ist auf jeden Fall ein gutes Zeichen«, sagte ich.

»Ja«, erwiderte Herr Tamaki.

Im Aquarium verspeiste Axel genüsslich die kleinen Fische. Japankärpflinge waren sein Leibgericht.

»Ich habe eine Frage aus reiner Neugier, Sie müssen also nicht antworten.«

»Schieß los«, entgegnete Herr Tamaki unbeschwert.

Man wusste wirklich nie, was in ihm vorging.

»Waren Sie der Grund dafür, dass Herr Ogawa keinen anderen Ausweg mehr sah?«

»Ja«, antwortete er ohne zu zögern.

»Mitsu ...«

Koichi zog an meinem Ärmel, als wolle er mir sagen, ich solle die Fragerei lassen. Allerdings sprach Herr Tamaki einfach von sich aus weiter.

»Ich habe mich von Masahiko getrennt.«

Dann hatte ich mit meiner Vermutung also richtig gelegen.

»Darf ich Sie fragen, was der Grund für die Trennung war? Herr Ogawa ist doch ein gutherziger Mensch. Das müssen Sie natürlich auch nicht beantworten.«

»Genau deswegen. Er ist ein lieber Mensch mit einem guten Herzen. Ich hielt es für besser, wenn er schnell jemand anderen findet. Er hat einen besseren Partner verdient.«

»Sie haben das Interesse an ihm verloren?«

»Nein. Ich liebe ihn immer noch.«

Seine Worte ließen mich stocken. Das war das erste Mal, dass ich ein ›Ich liebe ihn‹ außerhalb von Filmen oder Serien gehört hatte.

»Ich liebe ihn. Aber es gibt jemanden, den ich noch mehr liebe. Trotzdem will ich, dass Masahiko glücklich wird, weshalb ich mich von ihm getrennt habe. Ich bereue, dass ich so lange damit gewartet habe. Für euch mag es wie eine Ausrede klingen, aber ich wollte ihn wirklich nicht verletzen.«

Von seiner lockeren, unbeschwerten Art war nichts mehr zu spüren. Ich zweifelte die Aufrichtigkeit seiner Worte nicht an, doch da Herr Ogawa mein Klassenlehrer war, ergriff ich unweigerlich Partei.

»Ja, das klingt wie eine Ausrede.«

»Du hast recht.«

»Noch mal zum Verständnis: Sie waren mit Herrn Ogawa zusammen, obwohl Sie jemand anderen noch mehr lieben?«

»So ist es.« Herr Tamaki strich sich die Haare aus dem Gesicht und schaute mir direkt in die Augen. »Die andere Person ist nicht mehr am Leben.«

Sprachlos starrte ich ihn an. Herr Tamaki wirkte weder wütend noch traurig – eher, als hätte er einen einfachen Fakt ausgesprochen.

»Und Herr Ogawa ...«

»Er weiß Bescheid.«

»...«

»Damals war ich Student, das ist mittlerweile fast zwanzig Jahre her. Und trotzdem sehnt sich ein Teil von mir immer noch nach ihm. Schon unsinnig, oder?«

Stopp. Ich will das nicht hören. Habe ich Sie danach gefragt?

Das war doch verrückt. Der Tod einer geliebten Person – eines Familienmitglieds oder Partners – war doch nichts Alltägliches. In Romanen, Manga oder Filmen mochte so was vielleicht ständig passieren, als spannendes Mittel, um eine Geschichte in Fahrt zu bringen. Aber in der Realität, in dieser Welt doch nicht ...

Es fiel mir wie Schuppen von den Augen. Nein, es war überhaupt nicht verrückt. Nicht im Geringsten. Jeder Mensch musste irgendwann sterben. Der Tod befand sich immer in greifbarer Nähe. Wer in einem Krankenhaus oder Altersheim arbeitete, war mit dieser Realität tagtäglich konfrontiert. Je jünger man war, desto seltener kam man mit dem Tod in Berührung. Ausschließen konnte man ihn deswegen aber nie.

Ich hatte meine Mutter verloren, und Herr Tamaki seinen Geliebten.

Jemand drückte fest meine Hand.

Es war Koichi. Er stand immer noch neben mir. Ich blickte zu ihm auf. Zu ihm, dessen Herz stillstand und den ich mehr als alles andere liebte. Ich musste besorgt gewirkt haben, denn sein Blick war sanft, als wollte er mir versichern, dass alles in Ordnung sei.

»Herr Tamaki«, sagte Koichi zu unserem Biologielehrer, der sich ans Fenster lehnte, die Hände in die Taschen seines weißen Kittels vergraben.

»Ja?«

»Können denn nicht zwei Personen gleichzeitig an erster Stelle stehen?«

»Gleichzeitig?«

»Genau. Wie soll ich sagen ... Sie können nicht zwei Personen haben, die Ihnen am wichtigsten sind? Wenn Sie die verstorbene Person und Herrn Ogawa gleich gernhaben, dann müssen Sie sich doch nicht zwischen beiden entscheiden.«

Herr Tamaki schaute Koichi verwirrt an – ein Gefühl, das ich mit ihm teilte. Was sollte das heißen? Wie konnte man zwei Personen in gleichem Maße gernhaben?

»Dein Freund hat aber interessante Ideen«, sagte Herr Tamaki zu mir.

»Ja, allerdings«, nickte ich.

Es konnte immer nur eine Person geben, die einem am wichtigsten war. Deswegen ja der Superlativ. Würde Koichi mir sagen, es gäbe da jemanden, den er genauso liebte wie mich, wäre ich stinksauer.

Enttäuscht blickte ich zu ihm auf.

»Ach so. Schade«, sagte Koichi leicht verwundert.

Seine Worte hinterließen einen bitteren Geschmack auf meiner Zunge.

Nach dem Unterricht besuchten wir das Krankenhaus meines Vaters erneut. Die Wunde an Koichis Oberschenkel hatte sich geöffnet. Der Baumwollfaden aus dem Nähset war einfach nicht robust genug gewesen, und nachdem der Faden gerissen war, konnte Koichis Haut, deren Zellen sich nicht länger regenerierten, die Wunde nicht mehr aus eigener Kraft verschließen.

»Als ich vorhin nachgeschaut hab, war das Fleisch schon

ausgetrocknet. Es sieht aus, als würde es sich in ein Stück Trockenfleisch verwandeln«, sagte Koichi, während wir auf Doktor Kasumi warteten, die heute an einer Konferenz teilnahm.

»Kein Snack, den ich zum Bier haben möchte.«

»Du trinkst doch gar keinen Alkohol, Mitsu.«

»Ich bin ja auch ein Musterschüler.«

Scherzhafte Bemerkungen wie diese warf ich absichtlich in unser Gespräch ein, um die Stimmung etwas aufzulockern. Meine eigene allen voran. Ich war immer noch schockiert darüber, dass einige aus unserer Klasse Koichi nicht mehr sehen konnten. Ich machte mir Sorgen, was morgen oder übermorgen passieren würde. Alles, was mit der Zukunft zu tun hatte, bereitete mir Angst, aber hörte ich deshalb auf darüber nachzudenken? Nein.

»Ich bin Internistin. Vernähen ist nicht unbedingt mein Fachgebiet«, sagte Doktor Kasumi. Nach dem Ende ihrer Konferenz hatten wir uns wieder in ihrem Untersuchungszimmer getroffen. Ihr Blick wechselte zwischen Koichis Oberschenkel und seinem Gesicht hin und her, wobei sie mehrere Male blinzelte.

»Es war also tatsächlich kein Traum ...«, sagte sie mehr zu sich selbst.

»Nein, das war es nicht. Und selbst als Internistin sollten Sie das besser hinbekommen als ich. Vernähen Sie die Wunde noch einmal, damit sie richtig geschlossen ist.«

»Eine Betäubung ... ist nicht erforderlich, oder?«

»Nein. Solange ich nicht hinschaue, hab ich keine Schmerzen«, sagte Koichi munter. Er wandte rasch seinen Blick von der Wunde ab und schaute stattdessen mich an. »Mitsu, erzähl irgendwas, damit ich abgelenkt bin.«

Ich rang damit, aus dem Stegreif etwas zu finden und fing schließlich an, von etwas zu erzählen, das neulich im Fernsehen gezeigt wurde. Eine Geschichte über einen Hund, der selbst nach dem Tod seines Herrchens nie aufhörte, auf dessen Rückkehr zu warten.

»Stopp. Bei so was fang ich immer sofort an zu heulen. Erzähl was anderes.«

Der hatte gut reden, er musste sich kein Thema aus dem Ärmel schütteln.

Doktor Kasumis Handgriffe sahen ungeschickter aus als erwartet und sie wirkte mehrmals unsicher, wo sie die Nadel ansetzen sollte. Sie vernähte also wirklich nur selten offene Wunden.

Jetzt reißen Sie sich mal zusammen, brodelte ich innerlich bei ihrer Unsicherheit. Dank der medizinischen Nahtinstrumente konnte sich das Ergebnis am Ende dennoch sehen lassen. Doktor Kasumi hatte die Wunde fest vernäht.

»Ein Verband wird wohl nicht nötig sein ... Aber eine Bandage wäre sinnvoll, um die genähte Stelle zu schützen. Also, wann sollen wir die Fäden zieh... Ach, natürlich.«

Als ihr bewusst wurde, dass dies nicht nötig war, wandte sie ihren Blick wieder vom Kalender ab. Genau. Die Fäden mussten nicht gezogen werden. Entfernte man sie, würde die Wunde bloß erneut aufgehen.

»Hat mein Vater auch an dieser Konferenz teilgenommen, bei der Sie waren?«

»Er war während der ersten dreißig Minuten anwesend, musste aber wegen eines Treffen mit einem Dozenten seiner ehemaligen Universität früher gehen.«

Sicher traf er sich mit einem Dozenten aus der medizinischen Fakultät in einem feinen Restaurant, bevor sie zu einer

Bar in der Ginza wechselten. Ich spielte mit dem Gedanken, Koichi heute wieder bei mir übernachten zu lassen. Mir war klar, dass er nicht ständig bei mir schlafen konnte, aber seine Nähe beruhigte mich.

Koichi hatte seine Hose immer noch halb heruntergezogen und betrachtete die Naht. Vermutlich bestaunte er, was für eine gute Arbeit die Ärztin im Gegensatz zu mir geleistet hatte.

Ich wollte gerade vorschlagen, Koichi die Bandage bei mir zu Hause anzulegen, als eine Krankenschwester in das Untersuchungszimmer kam.

»Ist Doktor Kasumi anwesend?«, fragte sie mit glockenklarer Stimme.

Koichi, der seine Hose noch nicht hochgezogen hatte, blickte erschrocken auf. Seine Oberschenkelwunde lag vollkommen frei. Die Ärztin und ich waren wie festgefroren. Eine ärztliche Untersuchung außerhalb der Sprechzeiten und eine Wunde, die keinen Verband hatte und in der Abteilung für Innere Medizin vernäht worden war. Jeder Krankenschwester würde diese Situation höchst verdächtig erscheinen.

»Ich wollte etwas mit Ihnen besprechen. Oh, ich bitte um Verzeihung. Sie haben noch einen Patienten?«

»D...Das ist der Sohn des Krankenhausdirektors ...«

»Ach! Mitsuru, nicht wahr? Guten Abend. Ich bin Frau Tashiro, die Oberschwester der ambulanten Abteilung. Es freut mich, dich kennenzulernen.«

Sie war um die fünfzig und hatte eine ruhige Ausstrahlung. Koichi beachtete sie gar nicht.

»Die Freude ist ganz meinerseits«, sagte ich höflich, wenn auch mit kratziger Stimme.

Die Behandlungsliege, auf der Koichi saß, befand sich im Blickfeld von Frau Tashiro. Dennoch schaute sie nicht zu ihm, sondern nur zur chirurgischen Nadel und dem Nadelhalter, die Doktor Kasumi verwendet hatte.

»Oh je. Hast du dich verletzt, Mitsuru? Soll ich einen Chirurgen rufen?«

»Nein, das ist nicht notwendig. Es geht ihm gut. Sagen Sie, Frau Tashiro ...«

»Ja, bitte?«

Doktor Kasumi nahm sich einen Moment Zeit, um ihre Worte mit Bedacht zu wählen. Schließlich fragte Sie mit einem verkrampften Lächeln: »Könnte es sein, dass Sie ... wegen der Konferenz mit mir sprechen wollten?«

Die Pause sagte mir, dass sie kurz mit dem Gedanken gespielt hatte, die Krankenschwester auf Koichi hinzuweisen. Den Jungen, mit der halb heruntergezogenen Hose und der Naht am Bein, der direkt vor ihr saß.

»Genau deswegen bin ich hier. Die Dokumente, die ausgeteilt wurden, waren unvollständig. Ich wollte sie vervollständigen, bevor der Oberschwester etwas auffällt. Würden Sie gleich zur Schwesternstation im Erdgeschoss kommen?«

»Ja, natürlich. Ich bin hier gleich fertig.«

Frau Tashiro lächelte dankend und verabschiedete sich von mir, bevor sie das Untersuchungszimmer verließ. Koichi hatte sie kein einziges Mal angesehen.

»Haha. Ich hab mir fast in die Hose gemacht«, sagte Koichi lachend und begann, sich wieder anzuziehen.

Doktor Kasumi schaute mich wortlos an. Das Blut in meinen Adern kochte. Am liebsten hätte ich vor lauter Wut geschrien.

Wieso ignoriert ihr Koichi! Schaut ihn gefälligst an! Ihr sollt ihn wahrnehmen! Koichi ist hier, er existiert. Wieso schaut ihr nicht einmal in seine Richtung!

Ich war so wütend, dass ich mich alle Rationalität verließ. Mit meinem Fuß trat ich gegen den Tisch im Untersuchungszimmer. So heftig, dass das Metallgestell des Tisches laut klirrte. Mein Fuß tat weh, aber der Schmerz war über meinen Zorn hinweg kaum zu spürbar. Das war das erste Mal in meinem Leben, dass ich vor Wut bebte.

»Mitsu...«, sagte Koichi leise. In seinem Gesicht fand ich ein gequältes Lächeln. Er hatte sich fertig angezogen und stand langsam von der Behandlungsliege auf. Mit seiner großen Hand klopfte er mir auf den Rücken. »Gehen wir.«

Meine Wut verschwand so schnell, wie sie gekommen war. Auf einmal war mir nach Weinen zumute. Es kostete mich meine gesamte Kraft, die Tränen zurückzuhalten. *Ich bin so was von bescheuert.* Es war ja nicht so, als hätten sie *mich* ignoriert ... Ich kam mir so albern vor.

»Gehen wir«, wiederholte Koichi mit sanfter Stimme.

Ich nickte und nahm meine Sachen. Dann verabschiedete ich mich von Doktor Kasumi mit einer leichten Verbeugung, ohne ihr dabei ins Gesicht zu sehen.

Als ich ihr den Rücken zugewandte hatte, sagte sie Folgendes: »Mitsuru. Ich bin mir nicht sicher, ob ich es dir sagen soll, aber ich tue es trotzdem, damit du Bescheid weißt.«

Ich blieb vor der Tür stehen, drehte mich jedoch nicht zu ihr um.

»Koichi erschien mir heute ... Ab und zu wirkte er durchsichtig auf mich. Wenn er mich ansprach, konnte ich ihn klar und deutlich sehen. Und in anderen Momenten plötzlich nicht mehr ...«

Sollte das ein Scherz sein?

Ich wollte ihre Aussage weglachen. *Hey, Koichi, du bist durchsichtig wie ein Gespenst.* Aber der Scherz blieb mir im Hals stecken. Koichi und ich verließen das Untersuchungszimmer, ohne ein weiteres Wort mit Doktor Kasumi zu wechseln.

Wir liefen ins Erdgeschoss und von dort den Flur der ambulanten Abteilung entlang. Auf dem Weg hielt ich Koichis Hand fest gedrückt. Die Untersuchungszeiten waren bereits vorbei, doch an der Rezeption standen noch einige Patienten. Im Wartebereich befanden sich Büroangestellte, die vermutlich gerade von der Arbeit gekommen waren. Einige trugen Mundschutz, und ein Teil von mir fragte sich, ob es zurzeit eine Grippewelle gab.

Keiner von ihnen kannte Koichi oder konnte ihn sehen. Wie musste ich auf die Anwesenden wirken, während ich seine Hand hielt? Griffen meine Finger in ihren Augen bloß Luft?

Ein Mann mittleren Alters ging auf dem Weg zur Toilette an uns vorbei. Er bemerkte nicht mal, dass er fast mit Koichi zusammengeprallt wäre, sondern zog bloß die Nase hoch, als wäre nichts passiert.

»Verdammt ...«

»Ist schon gut, Mitsu. Mir macht das nichts.«

»Was soll bitte gut sein? Gar nichts ist gut. Mist.«

»Hauptsache, du kannst mich sehen. Mir genügt das«, flüsterte Koichi sanft, um mich zu beruhigen. Als ich ihm ins Gesicht schaute, wirkte sein Lächeln aufrichtig, aber peinlich berührt. »Der Klassensprecher und Ikumi können mich noch sehen, du bist also nicht der Einzige. Doktor Kasumi sagte zwar, dass ich manchmal unsichtbar geworden bin, trotzdem hat sie problemlos meine Wunde genäht. Ich frag mich, ob ich ihr Angst gemacht hab. Ihre Hände haben gezittert.«

»...«

Aber was, wenn es nur eine Frage der Zeit war? Womöglich würden morgen in der Schule wieder ein paar Leute mehr Koichi vergessen haben. Und übermorgen noch mehr. Wie würde es nach drei Tagen aussehen? Nach einer Woche?

Erst da begriff ich es: Man starb, wenn man vergessen wurde.

Wie furchtbar. Ich konnte verstehen, dass man vergessen wird, wenn man in einen Sarg gesteckt, zu Asche verbrannt und einen buddhistischen Totennamen verliehen bekommt. Aber Koichi war immer noch hier.

Eine Welle der Trauer überkam mich. Koichi wollte mich aufmuntern, als Lärm von der Notaufnahme zu uns drang. Ein Krankenwagen hatte eine Frau mit rundem Bauch eingeliefert. Ein Arzt und eine Schwester schoben eilig die Krankentrage durch den Gang. *Sie haben es gleich geschafft*, hallte die Stimme der Krankenschwester durch den Flur.

»Ach so, jetzt verstehe ich ...«, flüsterte Koichi, der der schwangeren Frau nachschaute. »In Krankenhäusern sterben nicht nur Menschen, es werden auch welche geboren.«

»Solange es eine Geburtsstation gibt, ja. Unser Krankenhaus hatte nicht immer eine.«

»Echt?«

Draußen begrüßte uns ein kalter Wind. Es wurde langsam dunkel und die Temperaturen waren bereits merklich gesunken. Die Kälte ließ mich schaudern, doch Koichi schien sie nichts auszumachen.

»Mein Vater hat sie vor einigen Jahren aufgebaut. Anscheinend sinkt die Zahl der Geburtshelfer, weshalb es schwer ist, irgendwo unterzukommen. Welches Krankenhaus besucht deine Mutter eigentlich?«

»Eine Privatklinik bei uns in der Nähe. Dieselbe, in der Nagisa und Minato zur Welt gekommen sind.«

»Und du?«

»Ich wurde woanders gebo... Uff.«

In der Nähe des Haupteingangs wäre Koichi beinahe das zweite Mal mit jemandem zusammengestoßen. Er wollte mich mit seinem Körper decken, als eine Person fast in mich hinein-rannte. Glücklicherweise wich der Mann im letzten Moment aus, stolperte über seine eigenen Füße und ging zu Boden.

Pass doch auf!, wollte ich rufen.

»T...Tut mir leid«, entschuldigte der Mann sich.

Koichi reichte ihm die Hand und fragte, ob er sich nichts getan hätte.

»D...Danke. Es tut mir wirklich leid. Ich war in Eile und ...«

Als er nach oben schaute, erstarrte er. Noch im Sitzen starrte er Koichi an. Danach schaute er zu mir, und riss die Augen noch ein Stück weiter auf. Er öffnete den Mund, um etwas zu sagen, doch es kamen keine Worte heraus. Ich war ähnlich sprachlos wie er.

Das war er. Das war der Mann von damals.

»D...Du lebst?«

»Ich?«, fragte Koichi und neigte verwirrt den Kopf.

Der Mann ignorierte Koichis ausgestreckt Hand und rappelte sich allein schwerfällig auf. Er hatte Tränen in den Augen. »Gott sei Dank! Gott sei Dank! Gott sei Dank! W... Wieso seid ihr damals verschwunden? Wisst ihr, was das für ein Schrecken für mich war?«

»Oh, sind Sie etwa der Fahrer von dem LKW, der mich umgefahren hat?«

Der Mann nickte mehrfach. »Ich muss ohnmächtig gewor-den sein und bin erst wieder zu mir gekommen, als ein Passant mich ansprach. Ich konnte mich noch daran erinnern, wie ich mit dem LKW auf den Fußweg abkam, und dass du dort warst. Wie ich in die Leitplanke krachte ... Aber ihr zwei wart wie vom Erdboden verschluckt.« Er drehte sich mir zu. »D...Du hast alles gesehen, oder?«

Ja. Ich erinnere mich. Daran, wie Sie Koichi angefahren haben. Wie Sie ihn töteten.

»Es stimmt. Du warst der Junge bei ihm, oder? Ich hatte mir den Kopf gestoßen, nachdem ich umgekippt war. Deswegen ist meine Erinnerung an den Tag schwammig ...«

Weil er sich den Kopf gestoßen hatte – oder eher, weil sein Verstand das Gesehene nicht als Realität hatte akzeptieren wollen? Immerhin hatte Koichi seinen eigenen Kopf vor den Augen des Mannes gewaltsam wieder gerade gerückt.

»Die Polizei brachte mich später zur Sicherheit ins Krankenhaus. Als ich ihnen von euch erzählte, hieß es nur, an der Unfallstelle sei niemand gewesen. Opfer habe man keine gefunden.«

Wir waren ja auch sofort abgehauen. Ich hatte nicht gewollt, dass Koichi so gefunden wird, vor allem nicht von der Polizei oder von irgendwelchen Ärzten. Das war meine oberste Priorität gewesen. Nur deswegen hatte ich diesen Mann in den letzten Tagen vergessen und meinen Hass ihm gegenüber ausblenden können.

»Ich habe nachgefragt, ob er in ein anderes Krankenhaus eingeliefert worden sei. Aber es gab keinen Unfall, bei dem ein Oberschüler betroffen war. Die Polizei nahm mich nicht ernst. Sie meinten, ich hätte mir das alles nur eingebildet, weil ich mir den Kopf gestoßen hatte, aber ich habe die ganze Zeit gewusst, dass das nicht stimmte. Ach, ich bin so froh, dass ich dich endlich gefunden habe.«

Vor Erleichterung sackte der Mann in die Knie. Koichi half ihm, nicht noch einmal auf dem Boden zu fallen.

Was fiel diesem Kerl ein, sich zu freuen. Koichi war eine Leiche. Die Leiche des Oberschülers, den er totgefahren hatte.

Nein, Mitsuru. Das stimmt nicht. Koichi ist am Leben. Nur aus diesem Grund hatte ich diesen Mann nicht der Polizei übergeben. Er war schuld, dass Koichi all das durchmachen musste.

»D...Du bist doch sicher verletzt, oder? Deswegen bist du hier?«

»Äh, machen Sie sich um mich keine Sorgen. Sehen Sie? Ich bin topfit. Aber was bringt Sie hierher? Sie schienen es eilig zu haben.«

»Meine Mutter ... Sie liegt schon lange in diesem Krankenhaus. Man hat mich kontaktiert, dass sich ihr Gesundheitszustand plötzlich verändert hat. Genau wie an dem Tag des Unfalls. Deswegen hatte ich so Gas gegeben und dann hatten die Reifen auf dem Schnee keinen Halt gefunden ...«

»Ihre Mutter? Dann dürfen Sie keine Zeit verlieren!«

»Du hast recht. Entschuldigt. Wartet ihr kurz auf mich? Da, vor der Rezeption. Wir müssen zusammen zur Polizei gehen.«

»Alles klar, wir warten. Jetzt gehen Sie erst mal schnell zu Ihrer Mutter!«

Der Mann eilte den Flur mit kleinen Schritten hinunter und drehte sich dabei mehrere Male zu Koichi um.

»Hab ich mich erschreckt. Mitsu, lass uns schnell abhauen, bevor er zurückkommt!«

Bevor er losrennen konnte, fragte ich ihn: »Bist du gar nicht wütend?«

»Hä?«

»Dieser Mann hat dich überfahren.«

»Ja, schon ... Warte ...«

Koichi beugte sich leicht vor. Das tat er immer, wenn er angestrengt über etwas nachdachte. Was für eine komische Angewohnheit.

»Wenn ich so darüber nachdenke: Ich hätte jedes Recht, wütend auf ihn zu sein.«

»Für die Erkenntnis hast du gerade so lange gebraucht?«

»Aber irgendwie fühl ich mich nicht danach. Keine Ahnung, warum.«

»...«

»Vielleicht, weil du wütend bist, Mitsu. Ich kann ruhig bleiben, weil du dich für mich mit aufregst.«

»Geht's noch?«

»Dein Blick kann einem echt Angst machen.« Koichi lachte und kniff mir in die Wange.

»Lass das!«

Ich schüttelte seine Hand ab. Er trat hinter mich, umarmte mich für einen Augenblick fest und schob mich dann an.

»Los, lass uns gehen.«

»Schubs mich nicht!«

»Ich will schnell zu dir. Ich darf doch wieder bei dir übernachten? Ich bin total neidisch auf euren riesigen Fernseher. Lass uns darauf einen Film schauen. Diesen einen mit Angelina Jolie. Oder gibt's den noch nicht in der Videothek?«

Koichi drückte seinen Körper gegen mich – ich hatte keine andere Wahl, als einen Fuß vor den anderen zu setzen.

»Was, wenn wir diesen Typen um...« *Umbringen*, wollte ich sagen, doch meine Stimme brach, bevor ich es aussprechen konnte.

»Was sagst du?«

»Könnte man dein Herz wieder zum Schlagen bringen, indem man das von diesem Typen zum Stehen bringt, dann würde ich ...« *Dann würde ich es tun. Mir wäre jedes Mittel recht. Ganz egal, ob du mich aufhalten wollen würdest oder auf mich wütend wärst. Ich könnte nicht anders.*

»Mitsu. Sag sowas nicht.«

Koichi schob mich weiter kräftig voran. Für Außenstehende mussten wir wie zwei bescheuerte Oberschüler aussehen, die vor dem Krankenhaus herumalberten. Ich machte mir Sorgen, dass man auf uns aufmerksam werden würde, doch dem war nicht so.

Dachte ich zumindest, bis mich jemand besorgt ansprach.

»Geht es dir gut? Stimmt etwas nicht?«

Er trug eine Uniform. Eine Wachperson des Krankenhauses also. Und er konnte Koichi nicht sehen, nur, wie ich allein durch die Gegend taumelte. Ich antwortete knapp, dass alles in Ordnung sei, machte mich von Koichi los und ging allein weiter. Zügigen Schrittes gingen wir zum dunklen Parkplatz.

Ich schätze, das war der Moment, an dem alles über mir zusammenbrach. Es konnte nicht mehr lange so weitergehen. Ich konnte nicht mehr so tun, als sei alles in Ordnung, als mache mir die Sache mit Koichi nichts aus, als könnte ich mit kühlem Kopf alle Probleme lösen und meine Ängste dabei ignorieren.

Meiner Kehle entwich ein Schluchzer. Ich konnte die Tränen nicht länger zurückhalten. Koichi kam sofort zu mir und umarmte mich.

Wenn es mir nicht gut ging, hatte er sich schon immer am meisten Sorgen gemacht. Er musste meine Unsicherheit schon viel länger, nein, schon von Anfang an gespürt haben und hatte bisher bloß so getan, als bemerkte er nichts.

Ich bekam mein erbärmliches Geheule nicht in den Griff. Und so selten wie ich weinte, war ich zusätzlich noch unfassbar ungeschickt dabei. Ständig verpasste ich den richtigen Moment, um Luft zu holen, und schluchzte dann hektisch.

Ich war mir der Blicke der vorbeigehenden Leute nur allzu bewusst. Wäre das nicht der Parkplatz eines Krankenhauses gewesen, hätte man womöglich die Polizei gerufen.

»Tut mir leid.« Koichi streichelte mir sanft über den Rücken. »Tut mir leid, Mitsu.«

Wieso entschuldigst du dich, Dummkopf?

Ich dachte an unseren gemeinsamen Campingausflug im Sommer zurück. An den strömenden Regen und den Geschmack von Fertignudeln. Damals hatte Koichi sich auch am laufenden Band entschuldigt, und dann hatten wir ...

Der Februarwind fühlte sich eisig auf den feuchten Spuren an, die die Tränen auf meinem Gesicht hinterlassen hatten. Koichi rieb seine Wange gegen meine und gab mir so etwas von seiner Wärme ab.

Mein Kopf dröhnte heftig. Vermutlich, weil ich so lange auf dem Parkplatz geweint hatte. Vielleicht war ich aber auch einfach körperlich und seelisch an mein Limit gekommen. Jedenfalls hatte ich, der sowieso schon für Krankheiten anfällig war, mir jetzt eine richtige Erkältung zugezogen.

Als ich mit Koichi nach Hause zurückgekehrt war, spürte ich ein Frösteln meinen Rücken hinablaufen. Mir war eisig kalt, nur mein Kopf glühte. Das war immer so, wenn ich erkältet war.

»Oh weia ... Mitsu, du hast 38 Grad Fieber! Soll ich einen Krankenwagen rufen?«, sagte Koichi aufgekratzt und schaute dabei mehrfach auf das Thermometer.

»Blödmann. Wegen so was ruft man doch keinen Krankenwagen. Ich bekomme schnell Fieber.«

»Hast du Schmerzen? Kann ich irgendwas für dich tun? Soll ich dir Eis oder Medikamente bringen?«

»Jetzt beruhig dich erst mal. Nimm dir einen Stuhl und setz dich hin.«

Wie sollte ich in Ruhe schlafen, wenn er besorgt vor mir auf- und abwanderte?

Koichi kam meiner Anweisung, ohne zu murren, nach. Er zog meinen Schreibtischstuhl hervor, setzte sich und schaute mich an, als würde er auf weitere Kommandos warten. Manchmal war er wirklich wie ein treuer Hund.

»Da in der Ecke müsste ein Luftbefeuchter stehen.«

»Ah, das ist bestimmt der hier.«

»Füll Wasser nach und schalt ihn auf eine hohe Stufe ein. Danach kannst du mir ein Kühlkissen aus der Gefriertruhe im Erdgeschoss und ein Handtuch holen gehen. Du weißt, wo die Handtücher sind?«

»Soll ich eins aus dem Regal beim Spülbecken nehmen?«

»Genau. Und kannst du mir noch ein Sportgetränk bringen? Die findest du in einem Karton in der Küche.«

»Alles klar. Brauchst du sonst noch was?«

Mal überlegen. Das Fiebermittel, das ich immer einnahm, hatte ich mir bereits zurechtgelegt. Pyjamas zum Wechseln waren in meinem Zimmer und Hunger hatte ich im Moment auch keinen.

»...leib bitte ... mir ...«, murmelte ich.

»Hä? Was hast du gesagt?«

Jetzt lass mich das doch nicht wiederholen.

»Bleib hier.«

Das hast du nun davon. Jetzt hab ich das Bitte weggelassen. Ich merkte selbst, wie schroff mein Ton war, aber Koichi schien sich daran nicht zu stören.

»Natürlich! Was denn sonst!«

Sein Nicken war trotz der kaputten Wirbelsäule so schwungvoll, dass ich Angst hatte, sein Kopf könnte abfallen. Seufzend schloss ich die Augen. Mit Koichi an meiner Seite fiel es mir leicht, mich sofort zu entspannten. Auf einmal fühlte sich mein ganzer Körper furchtbar träge an und mich überkam ein Husten, der so schlimm war, dass mir die Brust wehtat. Das Fieber hatte seinen Höhepunkt noch nicht ganz erreicht.

Koichi stand auf, um alles zu holen, worum ich ihn gebeten hatte. Mir fiel auf, wie leise er seinen großen Körper bewegte, aber statt es zu kommentieren, fiel ich in einen tiefen Schlaf.

Als ich die Augen wieder öffnete, saß Koichi immer noch auf dem Stuhl und schaute in der Dunkelheit zu mir.

»Hast du Durst?«, fragte er mich besorgt, als sich unsere Blicke trafen.

Ich nickte und trank etwas, um das Kratzen in meinem Hals zu lindern.

»Wie spät ist es?«

»Eins. Eben hab ich unten was gehört. Dein Vater ist, glaube ich, nach Hause gekommen.«

»Ah, okay. Willst du nicht schlafen?«

»Bin gar nicht müde.«

Wurden Leichen nicht müde? Dafür hatte diese Leiche hier allerdings ziemlich ausgiebig im Unterricht gepennt. Bei

der Erinnerung lachte ich auf und Koichi freute sich scheinbar über den Anblick, obwohl er keine Ahnung hatte, was so
amüsant war.

Er berührte meine schweißbedeckte Stirn und flüsterte:
»Keine Angst. Ich bleib immer bei dir.«

Immer?

Wirklich immer?

Das ist auch nicht gelogen?

»Nein, ist es nicht«, antwortete Koichi.

Oh. Hatte ich gerade etwa laut gedacht? Das Fieber hatte mich mittlerweile so sehr im Griff, dass es mir nicht mal
peinlich war. Vielmehr machten mich seine Worte glücklich.

Für immer. Er wird für immer bei mir bleiben.

»Ich bleib an deiner Seite, Mitsu. Für immer und ewig.«

Ja. Danke, Koichi.

Ich war mir nicht sicher, ob ich es tatsächlich aussprach
oder die Worte nur dachte.

Seine kühle Hand fühlte sich auf meiner Stirn so angenehm an, dass ich erneut einschlief. In der Nacht wachte ich
mehrmals auf, und jedes Mal sah ich Koichi bei mir sitzen
und schlief sofort wieder ein.

Am Morgen war von Koichi keine Spur mehr. Ich hörte
ein Geräusch von unten und fand meinen Vater in der Küche.
Wo war Koichi nur hingegangen?

»Hast du Fieber?«, fragte mein Vater in der Sekunde, in
der er mir ins Gesicht sah. Einem Arzt konnte man nichts
vormachen.

»Ja. Gestern Abend hatte ich 38,4 Grad. Ich habe Paraceta-
mol genommen. Als ich vorhin gemessen habe, waren es
37,6 Grad.«

»Dann ist es noch nicht ganz abgeklungen. Lass mich kurz dein Herz abhören.«

Er nahm ein Stethoskop hervor und legte es auf meine Brust.

»Verstehst du als Chirurg überhaupt was davon?«

»Wenn der Herzschlag ungewöhnlich ist, ja. Bei dir scheint aber alles in Ordnung zu sein. Deine Atmungsorgane waren immer schon anfällig.«

Stimmt. Das war wohl genetisch bedingt. Meine Mutter war an einer Lungenkrankheit gestorben.

»Ruh dich für heute aus.«

»Das war mein Plan. Gibst du mir eine Banane?« Ich hatte mich an den Küchentisch gesetzt und der Obstkorb stand für meinen Vater in greifbarer Nähe. Er nahm eine Banane, griff einen Joghurt aus dem Kühlschrank und stellte alles mit einem Löffel vor mir ab.

»Hier. Aber zwing dich nicht.«

»Okay.«

»Pass besser auf dich auf. Man sagt, Ärzte seien etwas nachlässig, wenn es um ihre eigene Gesundheit geht. Das gilt anscheinend auch für ihre Familien.«

Mein Vater trank seinen Kaffee, während er mit mir sprach. Er trug bereits seinen Anzug und hatte seine Krawatte gebunden. Den Bart hatte er sich auch rasiert. Wenn er gestern wirklich erst spät nachts zurückgekommen war, konnte er nur wenige Stunden geschlafen haben. Er war echt hart im Nehmen.

»Herr Krankenhausdirektor. Ich hätte gerne ein Medikament gegen Grippe, das sofort wirkt.«

»Wer das entdeckt, bekommt den Nobelpreis. Hattest du gestern Abend Besuch?«

»Koichi war hier«, antwortete ich. »Er hat mich herge-bracht, als es anfing, mir schlechter zu gehen.«

Ich hatte angenommen, dass ich deswegen irgendetwas zu hören bekommen würde, aber mein Vater gab nur ein »Ver-stehe« zurück. Nachdem er mit seinem Kaffee fertig war, nahm er seine Aktentasche und machte sich auf den Weg.

»Heute komme ich früher nach Hause. Sollte sich dein Zustand plötzlich versch... ich meine, sollte es dir schlechter gehen, ruf mich bitte sofort an.«

Ja, Herr Doktor. Sollte sich mein Zustand plötzlich verschlech-tern, rufe ich an.

Sobald mein Vater gegangen war, tauchte Koichi aus hei-terem Himmel wieder vor mir auf. Er war nicht verschwun-den, sondern hatte sich nur versteckt.

»Dein Vater ist echt cool.«

Er setzte sich vor mich und lächelte, während ich die Bana-ne aß. Koichi ging an diesem Tag nicht zur Schule.

Meine Temperatur schwankte den ganzen Tag zwischen 37,5 und 38 Grad. Die Erschöpfung wollte nicht nachlassen. Größtenteils lag ich im Bett und schlief. Koichi wich mir, von ein paar Toilettengängen abgesehen, nicht von der Seite. Von Zeit zu Zeit gab er mir einen Kuss, das spürte ich im Halb-schlaf. Auf meine Augenlider, manchmal die Wangen oder meine Lippen.

Ich ermahnte ihn nicht dafür. Eine Leiche würde sich wohl kaum bei mir anstecken. Seine sanften Küsse hat-ten nichts Erotisches, eher fühlten sie sich wie die eines Vaters an, der sein Baby küsste. Ob man mich auf die gleiche Weise geküsst hatte, als ich noch ein kleines Kind war? Das war bei meinem Workaholic von einem Vater eher unwahrscheinlich. Und meine Mutter? Die hatte sich selbst auf ihrem Krankenbett noch kalt mir gegenüber verhalten.

Ich schlief und schlief, doch mein Fieber wollte nicht abklingen. Mir machte das nichts aus – ich war es gewohnt. Meine Erkältungen verliefen seit meiner Kindheit auf diese Weise. Dagegen machte Koichi sich weitaus größere Sorgen, aber zwei Nächte in Folge konnte ich mich unmöglich von ihm pflegen lassen.

»Koichi, geh für heute Nacht nach Hause.«

»Aber dein Fieber ...«

»So schlimm ist es auch wieder nicht. Außerdem kommt mein Vater heute früher zurück. Mach dir keine Sorgen. Geh nach Hause, sonst verpasst du noch die Geburt deines kleinen Bruders. Oder deiner kleinen Schwester.«

»Das braucht noch ein bisschen.«

»Ist ja auch egal. Geh jetzt«, sagte ich mit Nachdruck.

Widerwillig kam er der Aufforderung nach. Und als ich schließlich allein war, fiel mir auf, wie lange Koichi und ich schon nicht mehr voneinander getrennt gewesen waren.

Mein Vater kam wie versprochen früher nach Hause. Mein Fieber war in der Zwischenzeit auf 37,2 Grad gesunken, und da mein Appetit zurückgekehrt war, aß ich Udon mit Ei. Mein Husten war noch nicht verschwunden, daher verordnete mein Vater mir einen weiteren Ruhetag. Ich hatte nichts dagegen. Mir war eingefallen, dass morgen der Sportunterricht anstand. Herumlaufen konnte ich in meiner jetzigen Verfassung auf keinen Fall. Außerdem hatte ich keine Lust, bei dieser Eiseskälte in der Ecke der Sporthalle zu hocken und den anderen zuzugucken.

Mein Traum in der Nacht war sonderbar.

Mein Vater saß neben mir am Esstisch. Auf der anderen

Seite befand sich meine verstorbene Mutter, daneben Koichi. Wir waren allesamt formell gekleidet, die Männer im Frack, meine Mutter in einem Cocktailkleid. Sie sah elegant und wunderschön aus.

Auf dem Tisch standen allerlei feine Spezialitäten: Fleisch, das an Roastbeef erinnerte, prächtige Appetithäppchen, eine Torte und dekorativ geschnitztes Obst. Aber trotz des vielfältigen Aufgebots waren der Teller meiner Mutter und der von Koichi mit haufenweise Watte bedeckt.

Die kann man doch nicht essen.

Im Traum kamen keine Worte aus meinem Mund, trotzdem verstanden die anderen mich.

Davon wirst du doch nicht satt, Koichi. Hier, ich gebe dir die Hälfte meiner Portion.

Als ich im Begriff war, Koichi ein Stück des gebratenen Fleischs zu reichen, stoppte mein Vater mich. Auf meinen Protest hin entgegnete er: *Das musst du essen.*

Aber es ist doch noch genug davon da.

Das geht nicht. Nur lebende Tiere dürfen das Fleisch toter Tiere verzehren.

Das Fleisch ist zwar von einer toten Kuh, aber wenn du das so formulierst, vergeht mir jeglicher Appetit. Ärzte sind echt abgestumpft, meckerte ich.

Als ich das Fleisch anschnitt, begann es zu muhen. Vollkommen unberührt langte mein Traum-Alter-Ego zu, während meine Mutter und Koichi die Watte aßen. Dem Lächeln auf ihren Gesichtern nach musste es ihnen schmecken. Vielleicht war es Zuckerwatte? Wie die flauschige Süßigkeit, die man an den Essständen beim Tempelfest bekam. Als ich noch ganz klein war, hatte mir meine Mutter erzählt, dass man diese Süßigkeiten aus Zucker und Wolken herstellte. Sie hatte sich ständig solcher fantasievoller Erklärungen bedient, deswegen konnte ich mich noch so deutlich daran erinnern.

Ich wollte von der Zuckerwatte probieren, daher bat ich Koichi, mir etwas abzugeben. Er schaute mich nur beunruhigt an.

Du hast doch genug davon. Gib mir etwas ab.

Statt auf seine Erlaubnis zu warten, streckte ich gierig die Hand nach seinem Teller aus. Plötzlich entfernten sich Koichi und meine Mutter von mir. Der Esstisch war breiter geworden, hatte sich dreißig Zentimeter nach hinten ausgedehnt. Ich sprang vor Schreck von meinem Stuhl auf, streckte meinen Arm noch weiter in ihre Richtung, aber der Tisch wurde nur noch größer. Die beiden rückten in die Ferne.

Hier stimmte doch was nicht. War der Tisch aus Gummi, oder was? Ich sah zu meinem Vater neben mir, um mich darüber zu beschweren, doch der war vollkommen damit beschäftigt, das Fleisch kleinzuschneiden. Sautiertes Schweinefleisch, das beim Schneiden quiekte, um genau zu sein. Es klang wie das Gequieke von kleinen Ferkeln. Meine Brust schnürte sich zu.

Koichi und meine Mutter entfernten sich immer weiter von mir. Der Tisch hatte sich mehrere dutzend Meter ausgedehnt. Trotz der Distanz konnte ich erkennen, dass sie nach wie vor eifrig ihre Zuckerwatte verspeisten, aber so viel sie auch davon aßen, der Flausch auf ihren Tellern wurde einfach nicht weniger. Es kam immer wieder neue Watte nach.

Schließlich standen die beiden von ihren Stühlen auf. Meine Mutter schaute zum Himmel hoch und zeigte mit ihrem Finger auf einen Spalt zwischen den Wolken, durch den Licht fiel.

Plötzlich befanden wir uns auf einer weiten Wiese. Inmitten der riesigen Grasfläche stand unser Esstisch. Die zarten, jungen Gräser beugten sich im Wind wie Wellen auf dem Wasser.

Koichi wuchsen Flügel, genauso wie meiner Mutter. Strahlend weiße Engelsflügel. Und dann stiegen beide ganz langsam in den Himmel hinauf. Mir blieb nichts anderes übrig, als aus der Ferne dabei zuzusehen.

Da leuchtete es mir ein. Die beiden waren tot. Natürlich gehörten sie in den Himmel und nicht auf die Erde.

Mitsuru. Iss dein Fleisch auf, sagte mein Vater, mit seinem Besteck klappernd. *Du lebst, also musst du essen.*

Statt zu antworten, schaute ich zum Himmel hinauf. Meine Mutter war bereits ziemlich hochgestiegen. Koichis Gesicht konnte ich noch mit Mühe erkennen; es sah so sanft wie immer aus. Das Licht, das durch die Wolken schien, wies beiden den Weg. Es war wie ein religiöses Gemälde, doch so schön der Anblick auch war, an meiner Trauer änderte er nichts. Ich wollte die Zuckerwatte kosten. Ich wollte Koichi begleiten. Zum Teufel mit diesem Fleisch.

Koichi bemerkte mich und lächelte.

Ich winkte ihm zu. *Du Lügner! Hast du nicht gesagt, dass du für immer an meiner Seite bleiben würdest!*

Ich spürte, wie mir etwas die Wange hinunterlief, und erwachte aus meinem Traum. Tränen. Es war mir noch nie passiert, dass ich weinend erwachte. Ich war völlig durch den Wind und musste seit vorgestern bei jeder Kleinigkeit losheulen. Eilig wischte ich mir die Tränen mit der Hand ab und ging schniefend nach unten, um mir das Gesicht zu waschen. Mein Körper fühlte sich leichter als gestern an. Das Fieber hatte nachgelassen.

Was war das für ein seltsamer Traum? Bestimmt lag es

daran, dass Koichi nicht in meiner Nähe war. In den vergangenen Tagen waren wir ständig zusammen gewesen. Am Montagmorgen war er zu einer Leiche geworden und heute ... Was war heute? Freitag? Mir kam es vor, als wäre seit dem Unfall eine Ewigkeit vergangen.

Ich hatte keine Lust, mich noch mal ins Bett zu legen, also sah ich fern, um mir die Zeit zu vertreiben. Tagsüber kam unsere Haushälterin. Sie wechselte mein durchgeschwitztes Bettlaken und kochte mir danach einen leckeren Reiseintopf.

Gegen drei Uhr ging sie wieder. *Jetzt müsste die Schule zu Ende sein*, dachte ich und genau in dem Moment klingelte es an der Tür.

Koichi. Endlich ist er wieder da.

Ich zog mir einen dicken Cardigan über meinen Pyjama und eilte zum Hauseingang.

»Ja. Das ist ein gutes Haus.«

Die Worte stammten von Sumiko Kagamiya. Sie hatte es sich auf dem Sofa im Wohnzimmer bequem gemacht.

»Es ist sehr geräumig, aber ziemlich alt.«

»Das ist ein gutes Haus. Es befindet sich in einem reinen Zustand. Dein Vater schleppt aufgrund seiner Arbeit sicherlich viel hier rein. Aber das Böse wird in diesem Haus schnell das Weite suchen.«

Ach so, das meinte sie also. Was mein Vater in das Haus schleppen sollte, war mir allerdings nicht klar. Ich hatte kein Gespür für Übernatürliches und mein Vater war durch und durch Rationalist. Er konnte selbst nach einer durchgeführten offenen Bauch-OP problemlos Leberspieße verdrücken. Andererseits: Könnte er das nicht, wäre er als Chirurg kaum geeignet.

»Trinkst du Tee?«

»Nur, wenn es keine Umstände macht. Und bring bitte Milch mit.«

Sumikos Antwort brachte mich kurz zum Schmunzeln. Sie hatte gesagte, sie sei gekommen, um mir einen Krankenbesuch abzustatten, und um eine Hausführung gebeten, bevor wir uns ins Wohnzimmer hatten setzten können. Ab und an hatte sie in die leere Ecke an der Treppe gestarrt und »Ungefährlich« geflüstert.

Jetzt saß Sumiko auf dem Sofa und ich stellte den Milchtee vor ihr ab. Ich hatte mich umgezogen und mir einen Mundschutz aufgesetzt, da ich immer noch etwas hustete.

»Was ist das?«

Auf dem niedrigen Sofatisch lagen weiße, menschenförmige Papierfetzen, die Sumiko mitgebracht hatte.

»Talismane. Ich habe sie dabei, um sie als Agamono zu verwenden. Allerdings scheinen wir sie nicht zu benötigen.«

»Als was?«

»Agamono. Ein Talisman, der quasi als Sündenbock dient, um böse Geister und Unreinheiten anstelle von Menschen in sich aufzunehmen.«

»Bin ich etwa unrein?«

Sumiko hielt ihre Teetasse in beiden Händen und pustete immer wieder, um ihn abzukühlen, während sie mir antwortete. »Nein, nicht du. Das war bloß eine Vorsichtsmaßnahme, für den Fall, dass sich in eurem Haus etwas Böses eingenistet hätte. Manchmal werden Orte von Geistern heimgesucht, je nach Himmelsrichtung oder dem Boden, auf dem ein Haus gebaut worden ist. In vielen dieser Fälle haben die Bewohner keinerlei Probleme und es muss nichts unternommen werden – so wie bei diesem Haus. Es ist rein und nicht von Geistern besessen.«

»Rein? Ich weiß ja nicht. Ich habe hier den Geist meiner Mutter gesehen. Da war ich allerdings noch sehr klein. Wobei, vielleicht war es nur ein Traum.«

»Es ist ganz normal, dass Verstorbene sich nach dem Ort sehnen, an dem sie gewohnt haben. Deine Mutter war sicher kein böser Geist, aber so oder so ist sie jetzt nicht mehr hier«, sagte Sumiko mit einem Blick durchs Haus.

»Wirklich?«

»Ja. Sie ist zurückgekehrt.«

»Zurück wohin?«

»Zum Kosmos.«

Sie antwortete mit einem Begriff, den ich eher dem Physikunterricht zugeordnet hätte. Ich versuchte gar nicht erst, etwas zu erwidern. Wäre ich über Koichi nicht mit dem Übernatürlichen in Kontakt gekommen, würde ich mich jetzt wohl kaum mit Sumiko über Okkultismus unterhalten. Ich hatte die rationale Ader von meinem Vater geerbt. Mich interessierten weder Tempel, Schreine noch Kirchen. Daher wirkte dieses Thema befremdlich auf mich.

Allerdings konnte ich nicht mehr abstreiten, dass es Dinge gab, die die menschliche Vernunft und das menschliche Verständnis überstiegen. Wie auch? Eine lächelnde Leiche rief mich bei meinem Namen und küsste mich. Ob nun Gott, Buddha oder ein Wunder dafür verantwortlich war, konnte ich nicht sagen. Fest stand, dass Koichi aufgrund von irgendetwas Unerklärlichem weiterexistierte.

»Konntest du das alles schon in deiner Kindheit sehen?«

»Als ich klein war, hatte ich sogar eine noch schärfere

Wahrnehmung. Im Vergleich dazu sehe ich jetzt nur noch die Hälfte.«

»Macht dir das keine Probleme im Alltag?«

»Etwas zu sehen, was für andere unsichtbar ist, ist nicht das Problem. Es wird erst dann zu einem, wenn jemand anderem auffällt, dass ich irgendetwas sehe, und die Leute deswegen einen riesigen Wirbel machen.«

»Ach so, verstehe. Du hast es echt nicht leicht.«

Nachdem sie eine gute Weile gepustet hatte, nahm Sumiko schließlich einen Schluck von dem Milchtee. »Heiß.« Sie verzog das Gesicht. Ihre Zunge musste sehr empfindlich sein. »Du bist ja wohl derjenige, der es nicht leicht hat. Ist dein Fieber gesunken?«

»Ja, ich bin wieder so gut wie fit. Ich huste bloß noch und mein Hals ist etwas angekratzt.«

Sumikos Blick war so eindringlich, dass es mir die Sprache verschlug. Zwar hatte Ikumi meiner Meinung nach ein hübscheres Gesicht, aber Sumikos Augen waren tiefdunkel, mehr noch als bei durchschnittlichen Japanerinnen. Um es poetisch zu formulieren: Sie waren schwarz wie die Nacht. Wer von ihren großen schwarzen Augen angesehen wurde, drohte zu versteinern. Und genau diese Augen starrten mich nun an.

»Koichi hat die Schule heute früher verlassen.«

Die Worte überraschten mich.

»Er ging während der zweiten Stunde.«

»Wieso?«

»Den Grund solltest du kennen.«

Woher bitte? Hätte ich doch nur diese Frage gestellt. Stattdessen lehnte ich mich gegen mein Kissen und sagte folgendes: »Es ist schlimmer geworden, oder?«

Sumiko nickte. »Die meisten in der Klasse nehmen Koichi nicht mehr wahr.«

Wie konnte das sein? Das ging alles viel zu schnell. Bis vor ein paar Tagen konnte die Mehrzahl ihn doch noch sehen.

»Als Koichi das Klassenzimmer verließ, haben das gerade Mal fünf oder sechs Leute bemerkt.«

Fünf oder sechs? Mehr nicht?

»Du lügst doch ...«

»Ich kann deinen Schock nachvollziehen. Aber du musst wissen, dass es unvermeidbar ist. Es übersteigt schon die Grenzen des Möglichen, dass ein Verstorbener in dieser Welt weiterhin existiert, geschweige denn, dass er für andere sichtbar bleibt.«

»Aber Koichi hat einen Körper. Man kann ihn anfassen. Er ist Teil dieser Welt. Ist es da nicht unlogischer, wenn man ihn nicht sieht?«

»Nur weil etwas existiert, heißt das nicht, dass man es auch sehen kann. Es gibt einige Erscheinungen, die sich mit menschlichen Augen nicht sehen lassen. Wir sind uns dessen bloß nicht mehr bewusst.«

»Ich kann ihn aber sehen. Ich kann Koichi klar und deutlich sehen!« *Nicht nur das. Ich kann ihn anfassen, mich von ihm berühren lassen. Ihn küssen.*

Wieso konnten die anderen ihn nicht sehen, wenn ich damit kein Problem hatte? Ich war doch nicht der Einzige, der ihm nahestand. Allein in der Klasse und im Basketball-Club musste es mehr als eine Handvoll Leute geben. Die Clubmitglieder hatten doch täglich mit Koichi trainiert und waren mit ihm im Sportcamp gewesen. Wieso konnten sie ihn trotzdem nicht mehr sehen?

»Ist ihr Freund ihnen so egal? Wie kaltherzig kann man sein?«

Wie musste Koichi sich gefühlt haben? In diesem Klassenzimmer, in dem er für die meisten nichts mehr als Luft war, auf einem Platz, den alle für leer hielten. Wäre mir das klar gewesen, hätte ich ihn niemals zur Schule mitgeschleppt.

»Du leidest, als ob du derjenige wärst, den man vergisst«, kommentierte Sumiko trocken. Dann pustete sie die Papiermännchen auf dem Wohnzimmertisch an. Die handflächengroßen Talismane schwangen sich auf ihre Beinchen und bewegten sich, als wären sie am Leben. Erschrocken beobachtete ich, wie sie nach wenigen Sekunden wieder umfielen, als hätten sie ihre gesamten Kräfte erschöpft. Natürlich – es waren schließlich keine Lebewesen, sondern bloß Papierstücke.

»Anfangs dachte ich, Koichi hätte so viel Energie, weil er dich auffrisst.«

»Weil er mich auffrisst?«

»Genau. Es war uns doch ein Rätsel, woher Koichi seine Energie bezieht. Aber Geschichten von Oni oder Teufeln, die den Menschen ihre Lebenskraft entziehen, findet man in allen Kulturen.«

»Koichi tut so etwas nicht.«

»Ich hatte ihm auch nie böse Absichten unterstellt, sondern angenommen, dass er es unbewusst tat. Jedenfalls lag ich mit meiner Vermutung falsch. Ich glaube, Koichi lebt als Leiche weiter, weil du es dir aus tiefster Seele wünschst.«

»Ich bin der Grund?«

Sumiko nickte, trank einen Schluck ihres mittlerweile kaltgewordenen Tees, und setzte ihre Ausführungen fort: »Ich habe versucht, mich in dich hineinzuversetzen. In meinem

Fall wäre es allerdings nicht Koichi, sondern Ikumi Hashi-moto. Ich meine Iku. Sie ist meine allerbeste Freundin. Wäre sie vor meinen Augen von einem LKW angefahren worden und wäre ihr Herz stehen geblieben, dann hätte ich das nie-mals akzeptieren wollen. Ich hätte mir eingeredet, dass meine Iku nicht sterben kann, dass das vollkommen ausgeschlossen ist. Dass sie immer noch lebt. Ich hätte ihren Tod keinesfalls akzeptiert.«

War das mein Problem?

»Du hast dir gewünscht, dass er am Leben bleibt, da du ein Leben ohne ihn nicht ertragen würdest. Dieser Wunsch weckte unvorstellbare Kräfte in dir.«

War es das, was mir damals durch den Kopf gegangen war?

»Du konntest dir nicht eingestehen, dass Koichi gestorben war. Deine Gefühle, dein unterbewusstes Verlangen waren stärker als deine Vernunft. Sie sorgten dafür, dass Koichi aufstand, mit dir sprach, als ob nichts passiert wäre, und dich zur Schule begleitete.«

Koichi. Wo bist du nur hingegangen? Komm schnell zurück. Komm schnell zu mir. Für mich bist du nicht unsichtbar. Ich sehe dich, also komm zu mir.

»Du hast dir gewünscht, dass eure gemeinsamen Tage endlos weitergehen würden.«

Sie hatte recht. Dass Koichi sich als Leiche weiterhin be-wegen konnte, hatte mich kaum schockiert. Verglichen mit der Angst, ihn für immer zu verlieren, machte es mir nicht im Geringsten etwas aus. Damit kam ich wesentlich besser klar.

»Dein Wunsch brachte Koichi dazu, sich wieder aufzurich-ten. Du wolltest dich nicht von ihm lösen, und er wollte genauso bei dir bleiben. Ich vermute, dass eure starken Gefühle füreinander der Auslöser für diese undenkbare Situation waren. Allerdings scheint es ihm schwerzufallen, seine physische Gestalt ohne dich aufrechtzuerhalten.«

»Er braucht mich also, um zu existieren?«

»Ich erlebe so was auch zum ersten Mal. Es sind nur Vermutungen.«

»Sumiko ... Weiß Koichi von dem, was du mir gerade erzählt hast?«

»Ja. Er hat mich heute deswegen gefragt. Er meinte, ohne dich an seiner Seite würde er sich unwohl fühlen.« Laut Sumiko hatte er sich Sorgen gemacht, dass er als Oni meine Energie fressen würde. »Ich habe mich bei ihm entschuldigt und ihm gesagt, dass das ein Irrtum meinerseits war.«

Ihre Antwort erleichterte mich. Koichi hatte sich also Sorgen gemacht.

»Meine Vermutung ist, dass Koichi die Emotionen, die du ausstrahlst, als Energiequelle benutzt. Statt dir deine Kraft abzusaugen, nimmt er das entgegen, was du ihm aus eigenem Willen gibst. So stelle ich mir das vor. Auf diese Weise kann er seinen Körper aufrechterhalten und sich bewegen.«

Emotionen? Meine Gefühle? Meinte sie meine Liebe zu Koichi?

»Falls ich richtig liege, würde das erklären, warum ein Großteil der Klasse Koichi nicht wahrnimmt. Ohne dich beginnt sein Äußeres zu verschwimmen. Selbst mit meinen Augen, die für Übernatürliches feinfühlig sind, konnte ich seine Silhouette nur verschwommen erkennen. Auf den Klassensprecher wirkte Koichi heute auch halb durchsichtig.«

»Der Klassensprecher kann ihn also noch sehen?«

»Ja. Und Iku auch.«

Das ließ mich ein wenig aufatmen. Wenigstens die drei würden Koichi dann morgens in der Schule grüßen.

»Also, wenn ich das richtig verstanden habe, ist Koichi hier, weil ich es mir wünsche. Solange ich an seiner Seite bleibe, müsste er in seiner jetzigen Form weiterexistieren können, richtig?«

Das Wichtigste war, dass ich ihn nicht vergaß. Ich durfte ihn nur nicht aus den Augen lassen und alles würde gut ...

»Das halte ich für ausgeschlossen«, nahm Sumiko mir den Funken Hoffnung.

»Aber warum? Ich habe doch nur deine Erklärung weitergedacht ...«

»Es ist ein Wunder, dass Koichi nicht verwest. Sein Körper ist noch im selben Zustand wie zum Zeitpunkt seines Todes. Das heißt, die Zeit wurde nur um seinen Körper herum gestoppt.«

Die Zeit wurde gestoppt. Das waren die gleichen Worte, die Doktor Kasumi verwendet hatte.

»Ich will mir gar nicht vorstellen, wie viel Energie es braucht, ein derart gewaltiges Wunder zu ermöglichen. Es tut mir leid, das zu sagen, aber lange wird dieser Zustand nicht anhalten. Ohne Körper wäre es vielleicht etwas anderes ...«

»Ohne Körper könnte er bei mir bleiben?«, fragte ich und lehnte mich zu ihr vor. »Du meinst doch sicher seine Seele oder sein Bewusstsein. In seiner Seelenform könnte er also für immer an meiner Seite bleiben?«

Sumiko senkte ihre Lider. Sie hatte ein beinahe perfektes Pokerface. Man nannte sie nicht umsonst die ›weibliche Mitsuru‹. Ihr Zögern war für mich dennoch deutlich zu spüren. Es fiel ihr bestimmt nicht leicht, mir zu antworten.

»Sumiko.«

Zu einer Antwort gedrängt, hob sie den Blick wieder und sagte: »Unmöglich ist es nicht. Allerdings würde das heißen, dass ihr euch an einen isolierten Ort zurückziehen müsstet.«

»Wie meinst du das?«

»Unsere Welt besteht aus einem wirren Durcheinander von Leben und Tod. In unserem Alltag sind Leben und Tod jedoch klar voneinander getrennt. Wer diese Trennung missachtet, muss der Gesellschaft den Rücken kehren und sich mit den Verstorbenen an einen entlegenen Ort zurückziehen.«

»Ich muss mich zurückziehen?«

»Du magst Koichi vielleicht spüren können, aber auf die Menschen um dich herum würdest du sonderbar wirken.«

»…«

»Man würde dich für einen psychisch Kranken halten.«

Auch das würde ich hinnehmen, dachte ich für einen kurzen Moment. Ich würde mich von allem trennen und mich mit meinem ganzen Leben nur für Koichi entscheiden. Selbst wenn man mich in die Geschlossene sperren würde, wäre Koichi immer noch bei mir. Wir wären zusammen. War das denn keine glückliche Zukunft?

»Damit das funktioniert, müsste Koichi denselben Wunsch hegen.«

»Dann … kann ich das wohl vergessen.«

Es gelang mir nicht, meine Enttäuschung mit einem Lächeln zu überspielen. Es war hoffnungslos. Die Bedingung war nicht fair. Dafür sorgte sich Koichi viel zu sehr um mich. Er, der mich über alles liebte und seine Krabben-Wiener mit mir teilte, würde sich das niemals für mich wünschen, so sehr ich ihn auch anflehte. Sicher würde er sagen: *Auf gar keinen Fall, Mitsu. Das würde mich kein Stück glücklich machen.*

»Ich will nicht, dass Koichi verschwindet ...« Unter dem Mundschutz klangen meine Worte gedämpft.

»Ich weiß«, sagte Sumiko leise.

»Ich ertrag es nicht, in einer Welt zu leben, in der er nicht existiert.«

»Ich weiß.«

»Ich liebe ihn.«

»Ja ... Ich weiß. Und ich weiß auch, dass er dich liebt.«

Natürlich wusste sie es. Bei Ikumi war ich mir nicht sicher, aber Sumiko konnte unsere Beziehung unmöglich verborgen geblieben sein. Ich freute mich darüber. Die ganze Zeit über hatten wir unsere Beziehung geheim gehalten, aber hier war nun eine Person, die wusste, wie sehr ich Koichi liebte.

»Ich will Koichi nicht verlieren. Das ertrage ich nicht.«

»Doch, das wirst du.«

»Nein, werde ich nicht.«

»So denken anfangs alle. Aber die meisten kommen irgendwann darüber hinweg. Sie überwinden ihre Trauer, nicht für sich selbst, sondern für den Menschen, den sie verloren haben.«

»Wie soll ich das jemals schaffen?«

Ich schaute Sumiko direkt ins Gesicht. Aus meinem rechten Auge lief eine Träne und befeuchtete meinen Mundschutz. Sumiko macht ein gequältes Gesicht. Ihre Gefühle waren nur selten deutlich erkennbar, aber in diesem Moment sah ich die Trauer und das Mitleid genau. Und noch etwas anderes – es wirkte, als versuchte sie, sich an etwas zu erinnern.

»Tut mir leid. Ich weiß es nicht«, antwortete sie mir schließlich.

Kapitel 5

Das Telefon klingelte kurz nach acht. Sumiko war längst gegangen und Koichi hatte sich immer noch nicht gezeigt. Mein Vater hatte, abgesehen von medizinischen Geräten, nicht das geringste Interesse an Technik, deswegen war unser Telefon alt und zeigte nicht, wer anrief. Trotzdem wusste ich instinktiv, dass der Anruf von Koichi kam.

Ich nahm den Hörer ab. Ein Piepton erklang, der nur schwer zu verwechseln war. Er rief aus einer Telefonzelle an. Wieso nicht mit seinem Handy? Ach ja, sein Akku musste mittlerweile leer sein.

»Hallo.«

»...«

Kein Wort. Im Hintergrund war schwaches Stimmengewirr zu hören.

»Koichi. Wo bist du?«

»Woher wusstest du, dass ich es bin?«

»Wieso kommst du denn nicht? Ich warte hier die ganze Zeit auf dich!«

»Was macht dein Fieber?«

»Ist schon abgeklungen.«

»Gott sei Dank. Das hat mir Sorgen gemacht. Tut mir leid, dass ich mich nicht früher gemeldet hab.«

»Wo bist du?«

Ich wiederholte meine Frage, doch Koichi blieb mir weiterhin eine Antwort schuldig. Er hielt den Hörer an sein Ohr und lauschte meinem Atem, als wolle er sich vergewissern, dass ich am Leben war. Das spürte ich einfach, auch wenn ich nicht erklären konnte, warum.

Bei dir bemerke ich selbst die kleinsten Dinge. Meine Antennen funktionieren bei so etwas normalerweise nie, aber wenn es um dich geht, arbeiten sie auf Hochtouren. Deswegen wusste ich in dem Moment auch, dass du total geknickt warst.

Hinter Koichi konnte ich eine Stimme hören: »Doktor Sawada, die Ambulanz ist eingetroffen. Der zweite Entbindungsraum ist bereit ...«

Er war in einem Krankenhaus. Und da in dieser Gegend das einzige Krankenhaus mit einer Notaufnahme das meines Vaters war, musste er sich dort aufhalten.

»Was treibst du im Krankenhaus? Ich komme sofort zu dir, bleib wo du bist!«

»Aber das geht doch nicht. Denk an deine Erkältung. Ich ...«

Bevor er seinen Satz beenden konnte, hatte ich den Hörer aufgelegt. Ich schnappte mir meine Jacke, ging raus auf die Straße und rief ein Taxi. Das alles dauerte nicht länger als fünfzehn Minuten.

Ich war ein wenig angefressen, weil Koichi mich allein gelassen hatte. Aber noch viel mehr blutete mir das Herz, wenn ich daran dachte, wie Koichi sich heute in der Schule gefühlt haben musste.

Was machte er bloß im Krankenhaus? Er kannte dort doch niemanden und sehen konnte ihn auch keiner.

Ich betrat das Krankenhaus durch den Haupteingang, suchte Koichi im Empfangsbereich, der Inneren und der Chirurgie, ohne Erfolg. Was wurde noch mal in der Durchsage erwähnt, die ich am Telefon gehört hatte? Der Entbindungsraum? Dann musste er auf der Geburtsstation sein.

Ich lief die Treppe hinauf in den ersten Stock. Im Wartebereich der Geburtsstation fand ich ihn allein auf einer Bank sitzen. Er bemerkte mich sofort.

»Mitsu ...« Er wirkte bedrückt.

»Was machst du hier? Bist du schwanger geworden, oder was?«

»Wenn du solche Scherze machen kannst, muss es dir wieder besser gehen.«

Sein Lachen wirkte kraftloser als sonst. Ich setzte mich neben ihn auf die Bank. Zwischen uns war ein kleines bisschen Platz frei, doch er rückte nicht zu mir heran. Normalerweise klebte er wie eine Klette an mir.

Die Sprechzeiten waren bereits vorbei, weshalb es im Wartebereich dunkel war. Ein Stück von uns entfernt brannte Licht im Schwesternbereich. Geburten passierten rund um die Uhr, deshalb arbeiteten dort auch nachts viele Krankenschwestern auf Hochtouren. Von irgendwoher ertönte das Geschrei eines Neugeborenen.

»Irgendwie fühl ich mich hier wohl.« Koichi lächelte. »Das

ist mir schon aufgefallen, als ich das letzte Mal mit dir im Krankenhaus war. Seit dem Unfall fühl ich mich in meinem Körper unwohl. Aber in der Nähe von Babys fühl ich mich ganz leicht. Ich hab mir schon Sorgen gemacht, dass ich ihnen vielleicht ihre Lebensenergie nehm. Zum Glück hat mir Sumiko erklärt, dass ich das gar nicht kann.«

»Natürlich kannst du das nicht.«

Koichi lachte erleichtert. »Sie meinte, ich würde keine Energie stehlen, sondern sie von anderen bekommen. Und niemand gibt mir so viel wie du.«

»Aha.«

»Aus neugeborenen Kindern sprudelt die Lebensenergie quasi wie aus einem Brunnen heraus. Das hat mir anscheinend Kraft gegeben.«

»Wenn dein neues Geschwisterkind erst mal geboren ist, kann es dir viel Energie geben.«

»Ja. Wär schön, wenn ich das Kleine noch zu Gesicht bekomm.«

Ich warf Koichi einen scharfen Blick zu. »Was heißt hier ›noch‹? Erklärst du mir das mal?«

»Mitsu, werd doch nicht wütend.«

»Du hast mir gesagt, dass du immer an meiner Seite bleibst!«

»Pssst.«

Koichi legte mir seinen Zeigefinger an die Lippen. Eine junge Krankenschwester kam aus dem Schwesternbereich auf uns zu.

»Nanu? Gehörst du zu der Schwangeren, die eben eingeliefert wurde?«, fragte sie mich.

Ich nickte einfach, ohne zu wissen, wer gemeint war. »Äh, ja.«

»Sie befindet sich in einem stabilen Zustand. Gerade konzentriert sie sich auf die Geburt.«

»Danke.«

»Hier ist es doch viel zu dunkel. Du darfst gerne in der Nähe des Entbindungsraums warten.«

Sie schaute Koichi kein einziges Mal an, ihr Blick war ausschließlich auf mich gerichtet.

»Ich warte lieber hier.«

Die Krankenschwester nahm meine Antwort mit einem Nicken an und ging wieder.

Koichi blickte ihr lächelnd nach. »Manchmal ist es ganz praktisch, dass man mich nicht sieht. Ich kann mich überall ungestört aufhalten und bekomm keinen Ärger, wenn ich irgendwo hingeh, wo ich eigentlich nicht sein darf.«

»...«

»Ich muss bloß aufpassen, wenn ich bei dir bin, sonst sieht es so aus, als würdest du Selbstgespräche führen.«

»...«

»Es dauert vielleicht noch zwei oder drei Tage, bis ich auch für den Klassensprecher und Ikumi unsichtbar werde. Aber ganz vergessen wurde ich noch nicht. Heute in der Schule kam jemand vom Basketballclub an meinen Tisch und fragte die anderen, wie lange ich noch blaumachen will. Das heißt, hin und wieder erinnern sie sich an mich. Als wär ich nur einfach nicht zur Schule gekommen.«

Er berichtete mir all das, als sei es das Normalste auf der Welt. Mir war nach Weinen zumute, aber ich wollte nicht, dass Koichi mich so sah, also starrte ich den Boden an.

»Mitsu.«

Schließlich rückte Koichi an mich heran. Sein Körper war so warm. Weil wir uns auf einer Geburtsstation befanden?

Sorgte die Energie der Neugeborenen dafür, dass seine Körpertemperatur anstieg? Ich blickte auf, küsste Koichi. Es war nicht mehr als meine Lippen, die ich gegen seine drückte. Zärtlich war etwas anderes, aber Koichi schien sich zu freuen.

»Ich sag doch, manchmal ist es praktisch, dass ich unsichtbar bin.«

Dieses Mal küsste er mich von sich aus. Ich wollte seinen Kuss erwidern, als jemand »Koichi!« rief und ihn aufschreckte. Nagisa. Sie stürmte im Affenzahn auf uns zu. Koichi fing seine Schwester sichtlich verwundert auf.

»Nagisa, was machst du hier?«

»Bist du schon vorgegangen? Wir konnten dich nirgendwo finden. Papa war echt sauer«, sagte sie aufgeregt. »Oh, Mitsu. Du bist ja auch da!« Sie hatte mich bemerkt, unseren Kuss schien sie jedoch glücklicherweise nicht gesehen zu haben.

»Da ist Koichi!«

»Koichi? Woher wusstest du, dass sie hier ist? Ah, hallo Mitsu. Das hier ist also das Krankenhaus deines Vaters!«

Minato und Koichis Vater kamen auf uns zu. Im Gegensatz zu ihnen hatten Koichi und ich keinen Schimmer, was gerade passierte.

»Ist das Baby schon da?«, fragte Nagisa mit knallroten Wangen. Sie musste die Treppe heraufgerannt sein. Und endlich leuchtete mir ein, was los war. Koichi standen allerdings nach wie vor Fragezeichen ins Gesicht geschrieben.

»Aber der Geburtstermin ist doch noch gar nicht ... Und ist Mamas Klinik nicht woan...«

Ich unterbrach Koichi lautstark mitten im Satz. »Sie ist im Entbindungsraum!«

»A...Ach so. Welcher Raum ist das?«

»Der zweite! Entschuldigung, Schwester! Die Familie von Frau Yamada, die eben eingeliefert wurde, ist jetzt vollständig!«, rief ich in Richtung des Schwesternbereichs. Eine der Krankenschwestern hob die Hand, um zu signalisieren, dass sie mich gehört hatte.

»Hier ist der Warteraum für die Familien«, erklärte sie uns.

»Danke, Mitsu«, sagte Koichis Vater. Er nahm Nagisa und Minato an den Händen und ging mit ihnen in den Warteraum.

»Mitsu, was hat das zu bedeuten?«

»Bei deiner Mutter haben sicher plötzlich die Wehen eingesetzt. In der Privatklinik, die sie besuchte, gab es bestimmt irgendein Problem und sie hatten keine Kapazitäten mehr für sie. Deswegen wurde sie wohl hierhergebracht.«

»Dann liegt sie jetzt in den Wehen?!«

»Genau«, antwortete ich.

Wir folgten Koichis Familie in den Warteraum. Wundersamerweise konnten die Krankenschwestern Koichi nun sehen.

»Ihr habt ja einen großen Bruder«, sagte sie zu Koichis jüngeren Geschwistern.

Hatte sich seine Energiezufuhr massiv erhöht, weil seine Familie versammelt war? Koichis Vater fand keine Ruhe, mehrfach stand er auf und setzte sich wieder hin, bis Nagisa schimpfte, er solle still sitzen bleiben.

Ich brachte allen Kaffee und Kakao in Pappbechern.

»Vielen Dank. Das ist wirklich nett von dir.« Koichis Vater lächelte beschämt. »Ich komme einfach nicht zur Ruhe. Das ist jetzt schon das dritte Mal, aber ich kann mich einfach nicht daran gewöhnen.«

»Falsch, Papa! Das ist das vierte Mal!«, schimpfte Nagisa erneut.

»Entschuldige, du hast recht. Euer Vater ist wirklich durch den Wind.«

Koichi lächelte nur über die Ausrede seines Vaters. Das vierte Kind der Familie war siebzehn Jahre jünger als er selbst. Als Einzelkind konnte ich mir das überhaupt nicht vorstellen, aber ich wusste, dass Koichi komplett vernarrt in den neuen Familienzuwachs sein würde.

Nagisa und Minato fingen an zu streiten, ob sie lieber ein Schwesterchen oder ein Brüderchen hätten, bis sie schließlich erschöpft auf der Bank einschliefen. Die Wartezeit war wohl zu lang für sie. Eine Krankenschwester brachte eine Decke für die beiden.

Kurz nach Mitternacht erklang der erste Schrei eines neuen Lebens. Im übertragenen Sinne, denn tatsächlich war kein Geschrei zu hören. Die Krankenschwester hatte uns lediglich über die Geburt informiert. Sie war unproblematisch verlaufen.

Nagisa und Minato schliefen immer noch.

»Koichi, geh du zuerst«, sagte Koichis Vater zu seinem ältesten Sohn.

»Wirklich?«

»Sicher doch. Deine Mutter hatte sich gewünscht, dass du es als erstes in den Händen hältst. Ach ja, willst du nicht mitgehen, Mitsu?«

Ich folgte Koichi nervös. Das war mein erster Besuch auf der Geburtsstation und ein echtes Neugeborenes hatte ich auch noch nie gesehen.

»Koichi, wie schön! Und Mitsuru ist auch gekommen.«

Koichis Mutter lag erschöpft im Bett, als wäre sie gerade

einen Marathon gelaufen. Ihr Gesicht war rot und schweiß-
gebadet, ihre Augen funkelten. Neben ihr lag das Baby,
winzig klein. Es war wirklich so klein, dass ich bei seinem
Anblick erschrak.

»Es ist ein Mädchen«, sagte sie, als Koichis Vater hinter
uns das Zimmer betrat.

Er strahlte übers ganze Gesicht. »Ein Mädchen also.«

»Ich bin total geschafft ... Das Alter macht sich wohl langsam bemerkbar.«

Koichis Mutter bat die anwesende Krankenschwester,
Koichi das Neugeborene zu geben. Normalerweise kam dem
Vater diese Rolle zu, aber bei der Familie Yamada war das
wohl nicht der Fall. Die Krankenschwester hob vorsichtig
das Neugeborene hoch und legte es Koichi in die Hände.

»Schau mal, dein großer Bruder«, sagte sie zu dem Baby.
Koichi wies sie an: »Du musst sie fest am Hintern und am
Kopf halten. Genau, toll machst du das.«

»Wahnsinn ...«

Koichi wirkte ängstlich, hielt seine kleine Schwester
aber fest in den Armen. Ich stand hinter ihm und erhasch-
te heimlich einen Blick. Die Augen des Babys waren etwas
geschwollen, was es schwer machte, zu sagen, ob sie offen
oder geschlossen waren. Man sagte oft, dass frisch geborene
Säuglinge wie Äffchen aussahen, und jetzt verstand ich endlich, was damit gemeint war. Das Baby sah tatsächlich wie
ein kleines Äffchen aus ... Es war total niedlich.

»Na, kleines Schwesterchen. Schau mal, das ist Mitsu. Er
ist mein bester Freund und der wichtigste Mensch in meinem
Leben.«

Flüsternd stellte er mich seiner kleinen Schwester vor, deren Wangen leicht zuckten. Sie öffnete ihre Augenlider ganz

langsam blinzelnd, bis sie Koichi entdeckte. Es hieß zwar, dass Neugeborene so gut wie nichts sehen konnten, aber das stimmte nicht. Ihr Blick war fest auf ihren großen Bruder gerichtet – und das war auch der Augenblick, in dem Koichi zu leuchten begann. Er war in grelles, weißes Licht gehüllt, und wir beide kniffen geblendet die Augen zusammen, bis es Sekunden später vorbei war.

»Oh, hat sie die Augen geöffnet? Zeig mal. Bring sie zu Papa.«

Koichis Vater hielt das Warten nicht länger aus und streckte aufgeregt beide Hände nach der Kleinen aus. Als sein Ältester ihm das Baby in die Arme gegeben hatte, sagte Koichis Vater mit feuchten Augen: »Wie schön, dass du endlich da bist.«

Die Kleine wimmerte, unglücklich darüber, wie ihr Vater sie hielt. Im selben Moment hörte ich tapsende Schritte in unsere Richtung kommen. Nagisa und Minato waren aufgewacht und kamen, um ihr Schwesterchen zu sehen. Die Yamadas strahlten vor Glück.

Ich durfte das Baby auch einmal berühren. Aus der Erstlingskleidung lugte ein kleiner Arm hervor. Ich wusste, dass sich in diesem Arm genauso viele Gelenke wie bei einem Erwachsenen befanden – und gerade das brachte mich zum Staunen. Wie konnten Koichi und ich auch einmal so klein gewesen sein? Nicht nur wir, jeder einzelne Mensch war einmal ein winziges Baby, das kreischend und blutbeschmiert zur Welt kam. Ein hilfloses Lebewesen, das sofort sterben würde, wenn man es sich selbst überließe. Das ohne Schutz nicht überleben konnte.

Uns allen war es so ergangen. Auch ich lebte jetzt nur, weil ich beschützt worden war.

Trotz der späten Stunde waren die Yamadas immer noch in heller Aufregung. Ich ging leise aus dem Krankenzimmer, um die Familie allein zu lassen. Doch Koichi folgte mir.

»Ich komm mit. Lass mich wieder bei dir übernachten.«

»Solltest du heute nicht besser bei deiner Familie bleiben?«

»Ich will bei dir sein.«

»Aber ...«

Wir diskutierten vor der Treppe im Kreis, und merkten erst nach einem Moment, wie sich uns jemand näherte. Mein Vater. Wieso musste er ausgerechnet jetzt hier auftauchen?

»Was machst du hier? Ist dein Fieber gesunken?«, fragte er mich.

»Äh, ja. Das Fieber ist weg.«

Unsicher, ob er Koichi sehen konnte, druckste ich herum. Glücklicherweise half mein Vater selbst mir aus der Patsche.

»Bist du Koichi Yamada?«, fragte er und schaute Koichi dabei direkt in die Augen. Kein Zweifel, er konnte ihn sehen.

»Ja«, antwortete Koichi und drückte den Rücken durch. »Meine Mutter wird in der Geburtsstation Ihres Krankenhauses behandelt. Eben ist meine kleine Schwester zur Welt gekommen.«

»Herzlichen Glückwunsch. Leider bin ich gerade auf dem Weg zu einer Notfalloperation. Ich werde ihr morgen einen Besuch abstatten. Danke, dass du immer für Mitsu da bist.«

»Nicht doch. Ohne Mitsu wäre ich echt aufgeschmissen.«

»Ihr beiden versteht euch wirklich prima«, sagte mein Vater lächelnd. Was war das für eine Reaktion? Er lachte sonst nie. Merkte er nicht, dass mir das peinlich war? »Ich muss jetzt wirklich los. Es ist schon spät, nimm dir ein Taxi. Ich komme wahrscheinlich erst morgen nach Hause.«

Danach stieg mein Vater schnellen Schrittes die Treppe hinauf. Offenbar befand sich eine Ärztin aus der Chirurgie zurzeit in Elternzeit. Deshalb herrschte Personalmangel und der Krankenhausdirektor musste selbst einspringen.

»Ich sag's noch mal, dein Vater ist echt total cool.«

»Findest du?«

»Ich frag mich, ob du als Erwachsener auch so sein wirst.«

»Wer weiß ... Ich muss jetzt erst mal ein Taxi rufen.«

Als ich dies sagte, rückte er ganz dicht an mich heran.

»Okay. Lässt du mich bei dir übernachten?«

»Wenn du unbedingt willst.«

»Und wie ich das will. Ich mein, mir bleibt wahrscheinlich nicht mehr viel Zeit«, sprach er aus, was ich heimlich schon die ganze Zeit befürchtete.

»Aber gerade können dich doch alle sehen.«

»Stimmt. Ist echt Wahnsinn, wie viel Energie mir meine Schwester gegeben hat. Aber ich glaub nicht, dass die Wirkung lange anhalten wird.«

»...«

»Ich spür das einfach. Geht immerhin um meinen Körper.«

»...«

Wir liefen die Treppe hinunter und warteten im dunklen Eingangsbereich. Durch die großen Fenster konnte man den Schnee draußen fallen sehen. Ach ja. Im Wetterbericht hatte es geheißen, dass heute Nacht Schnee fallen würde. Der letzte Schnee für Tokyo in diesem Winter.

»Ich bin echt ein Glückspilz. So viel Extrazeit kriegt normalerweise niemand. Ein Unfall ist eigentlich immer ein plötzlicher Abschied.«

Dieser unverbesserliche Blödmann. Ein Glückspilz wäre doch gar nicht erst in einen Unfall hineingeraten.

»Ich konnte die letzten Tage mit dir verbringen. Und mein kleines Schwesterchen hab ich auch gesehen.«

Der Schnee reflektierte die Lichter und ließ die Nacht heller erscheinen. Es wehte kaum Wind. Leise, ganz leise fiel Flocke für Flocke zu Boden.

»Das klingt jetzt vielleicht kitschig, aber der einzige Wunsch, den ich noch hab, ist, dass du glücklich wirst.«

Und wie soll ich das bitte anstellen? Wie soll ich bitte ohne dich glücklich werden?

»Meinst du, der Schnee bleibt liegen?«

Koichi trat näher ans Fenster und legte den Kopf in den Nacken, um dem Schnee beim Fallen zuzusehen. Sein Profil sah wunderschön aus. Ich liebte sein Gesicht. Es gab niemanden auf der Welt, den ich mehr liebte.

»Du kannst bei mir übernachten, aber mach dich gefasst«, flüsterte ich ganz leise.

»Hä?«

Ich spürte Koichis Blick, erwiderte diesen jedoch nicht.

Damit du's weißt. Heute haben wir Sex.

Koichi. Seit jenem Montagmorgen hatte ich mir dieselben Fragen gestellt. *Wieso konntest du dich nach deinem Tod noch bewegen? Wieso konntest du sprechen? Vor den anderen bezeichnete ich dich als ›lebenden Toten‹, dabei kannte ich die Wahrheit längst. Du warst gestorben. Ich wollte diese Tatsache bloß noch nicht akzeptieren. Also sorgte ich dafür, dass die Regeln des Universums außer Kraft gesetzt wurden. Verzeih mir, dass ich dich zum Komplizen meiner Realitätsflucht gemacht habe.*

»Mitsu. Findest du das nicht eklig?«

»Was?«

Ich wusste, dass Koichi tot war. Heute Nacht wirk-

188

te er allerdings noch viel lebendiger als sonst. Seine Haut war warm, seine Muskeln straff und seinem harten Penis, der meine Lende berührte, fehlte es ebenfalls nicht an Vitalität.

Es war nach zwei Uhr nachts. Wir lagen zu zweit in dem engen Bett in meinem Zimmer. Wir hatten zusammen gebadet und uns gründlich gereinigt, bevor wir nackt unter meine Bettdecke geschlüpft waren.

Koichi umarmte mich von hinten. Ich schaute zur Wand, rührte mich nicht. Der Vorschlag war zwar von mir ausgegangen, aber jetzt, wo es darauf ankam, wurde ich verlegen.

»Na, ich bin doch eine Leiche ...«

»Ich fänd's eklig, wenn du faulen würdest. Aber noch bist du ja frisch, also habe ich kein Problem.«

»Wie bei rohem Fisch, der kurz vorm Verfallsdatum ist.«

»Den Vergleich hättest du dir echt sparen können.«

»Sorry.« Er legte seine Lippen auf meinen Nacken, küsste meine Schultern. Sein Atem kitzelte auf meiner Haut. »Mitsu, deine Haut fühlt sich so gut an«, sagte Koichi. Wie ein Kind, das mit seinem geliebten Plüschtier redete. »Wie winzig deine Nippel sind ...«

Anders als seine Worte waren seine Bewegungen alles andere als unschuldig. Er berührte mich mit beiden Händen, tastete mich von der Brust bis zum Bauch ab und neckte mich dabei.

»Hng.«

»Da ist dein Bauchnabel. Ich hab deinen Bauchnabel gefunden, Mitsu.«

»Hör auf, an mir herumzuspielen ...« Ich warf Koichi über die Schulter hinweg einen bösen Blick zu.

»Ich spiel nicht herum! Ich bin mit Ernst bei der Sache.«

Er widersprach mir nur selten so bestimmt. Ich merkte, wie ich ein wenig nachgab.

»O...Okay.«

»Darf ich dich hier anfassen?«

»Hä?«

Koichis Hand bewegte sich nach unten. Er streckte seinen Arm und umschloss mit seiner Hand meinen Penis, den er bis jetzt ausgespart hatte.

»Nh ...«

»Ich will dich überall anfassen, damit ich dich niemals vergesse ...«

Aha, du machst dir also Sorgen, dass du mich vergessen wirst? Du treulose Tomate.

Ich verstand allerdings, wie er sich fühlte. Abgedroschene Phrasen wie »*Ich werde dich niemals vergessen*« sagte man schnell, wenn man am Leben war. Aber was, wenn man starb? Wer wusste, was mit den Erinnerungen nach dem eigenen Tod passierte?

»Mitsu. Ich liebe dich ...«

»Koi... Ich ... Ah ...«

Löste man sich nach seinem Tod einfach auf? Wohin würde Koichi dann gehen? Mir schnürte sich die Brust zu, so sehr quälte mich dieser Gedanke. Gleichzeitig fühlte sich mein Körper so gut an. Meine Gefühle waren ein einziges Chaos aus Trauer und Zuneigung.

Ich umklammerte Koichis linken Arm, den er um mich gelegt hatte. Mit seiner rechten Hand liebkoste er weiter sanft meinen Penis. Ich wollte, dass er noch fester zupackte, musste mich zusammenreißen, um meine Hüfte nicht zu bewegen.

Koichis Atem tanzte über meinen Nacken. »Hör mal.«

»W...Was?«

»Äh, das ist mein erstes Mal.«

Klar ist das dein erstes Mal. Wenn nicht, hätte ich dir eine verpasst.

»Ja, und weiter? Das ist es für mich genauso.«

»Ja. Logisch ... Da bin ich beruhigt. Äh, also soll ich, na, du weißt schon ...«

Sein unzusammenhängendes Gestammel regte mich ein wenig auf, doch ich verstand sofort, worauf er hinauswollte. Er fragte sich, wer welchen Part übernehmen sollte. Ich wusste zwar theoretisch, wie Sex unter Männern ablief, aber wir hatten nie darüber gesprochen, wer von uns beiden der Bottom sein sollte.

Ich nahm all meinen Mut zusammen, drehte mich um und schaute Koichi direkt in die Augen. Es war mir peinlich, ihm mein errötetes Gesicht zu zeigen – bis mir auffiel, dass es ihm nicht viel besser ging.

»Was willst du sein?«

»Ähm ...«

»Ich bin, glaube ich, lieber passiv.«

Ich hatte mir schon so oft ausgemalt, wie es wäre, mit Koichi zu schlafen. Und in meiner Vorstellung hatte ich jedes Mal den passiven Part übernommen. Natürlich ginge es auch andersherum, aber ich wollte ihn in mich aufnehmen.

Koichi starrte mich gebannt an, sein Gesicht wurde zusehends roter. »Das klang gerade total sexy. Kannst du das noch mal sagen?«

»Dummkopf«, entgegnete ich und umklammerte sein glühend heißes Glied fest mit meiner Hand. Koichi stöhnte auf und zuckte zusammen. Ich hatte wohl etwas zu fest zugepackt.

»Mitsu...«

Er legte sich mit seiner Brust auf meine und küsste mich innig. Anfangs war er noch sanft und behutsam gewesen, doch mittlerweile fiel es ihm schwer, sich zurückzuhalten. Mir ging es nicht anders. Unsere Küsse waren beinahe fieberhaft in ihrer Intensität.

»Hngh ... Uh ...«

Wir waren immer noch unbeholfen, hatten keine Ahnung, wann wir am besten Luft holen sollten. Meine Lippen pochten, weil Koichi mich so wild küsste, dass ich seinen Speichel in meinem Gesicht spürte. Ich atmete schwer, als wäre ich gerade einen Marathon gelaufen. Es fühlte sich so gut an.

»Mmh.«

— Koichi rieb fest mit seinem Knie gegen meinen Schritt, dann richtete er sich plötzlich auf. Ich schaute zu ihm auf, weil ich ihn noch weiterküssen wollte, aber Koichi wirkte, als hätte er etwas zu sagen.

Letztlich schwieg er und beugte sich wieder nach vorne.

»Hä?«

Er stieß die Decke weg und spreizte meine Beine. Als ich begriff, was er vorhatte, wurde ich nervös. Vorstellungen waren so anders als die Realität ...

»Koichi, das geht mir zu schnell.«

»Jetzt oder nie«, sagte Koichi entschieden.

Das Licht war in meinem Zimmer ausgeschaltet, aber wegen der Bodenbeleuchtung konnte ich erkennen, wie er zwischen meine Beine rutschte. Es machte mich verlegen, da unten aus nächster Nähe betrachtet zu werden. Aber das war nicht das größte Problem.

»L...Lass das! Ich komme sonst noch.«

»Mitsu, ich wollte das schon so lange ausprobieren.«

»Ah ...«

Mein Körper erbebte, als er mich an der Innenseite meines Oberschenkels küsste. Er saugte so stark an meiner Haut, dass sicher ein Fleck zurückbleiben würde. Ein kleines, rotes Zeichen von Koichi auf meinem Körper. Dieser Gedanke versetzte mich in eine tiefe Ekstase. Es war schwer zu beschreiben. Ich reagierte nicht bloß auf die körperliche Erregung, es war ein Gefühl, das sowohl meinen Körper als auch meinen Geist erfüllte.

»Ich will jeden Zentimeter deines Körpers sehen. Ich will dich mit Haut und Haar verspeisen.«

»Hn ...«

Als Koichi seinen Satz beendet hatte, nahm er mein Glied in seinen Mund.

»Hngh ... Mh ...«

Das Innere seines Mundes war so heiß und feucht. Es fühlte sich an, als würde ich jeden Moment schmelzen.

Koichi sagte, er wolle mich verspeisen. Sumiko hatte erklärt, dass Oni Menschen fressen, und schon da war mir der Gedanke gekommen, mich von Koichi fressen zu lassen. Ich stellte mir vor, wie er mich, bei der empfindlichsten Stelle angefangen, bis hin zu den Knochen restlos verschlang und in sich aufnahm. Auf diese Weise könnte ich für immer mit ihm vereint bleiben.

»Koi ... chi ...«

Oder ich würde ihn fressen. Hätte es bei dem Unfall nicht ihn, sondern mich erwischt, wäre aus mir auch ein lebender Toter geworden. Da war ich mir sicher. Mein Wunsch, bei Koichi zu bleiben und sein Wunsch, mich nicht zu verlieren, hätten das gleiche absurde Wunder ausgelöst. Dann hätte ich ihn aufgefressen und mit mir in den Tod genommen.

Als ob. Nein, ich hätte es niemals übers Herz gebracht, so was mit der Person, die ich über alles liebte, zu tun. Wäre ich gestorben, hätte ich genau wie Koichi gehandelt. *Ich wäre erleichtert gewesen, dass der LKW nicht dich getroffen hat und hätte für dein Glück gebetet. Und du wärst traurig gewesen und hättest dich gefragt, wie du nur ohne mich weiterleben sollst.*

»Uah …«

Koichis Zunge umschlang meine Eichel. Er ließ einmal kurz von meinem Penis ab, bevor er von Neuem begann, ihn zu küssen. So sanft, als wolle er mich damit necken. Irgendwann hielt ich es nicht mehr aus und ballte meine Hand in seinen Haaren zur Faust. Da nahm er meinen Penis wieder tief in seinen Mund und entriss mir auf diese Weise ein Stöhnen.

»Ah … Ich komme … Hör auf …«

»Komm«, sagte er und saugte er noch stärker.

Ich war diesem überwältigenden Gefühl hilflos ausgesetzt. Meine Zehen verkrampften und ich explodierte. Koichi ließ nicht von mir ab und schluckte alles, ohne zu zögern, hinunter.

»B…Blödmann. Das schmeckt doch eklig …« Peinlich berührt und berauscht vom Orgasmus griff ich erneut nach Koichis Haaren.

»Yep, hat echt etwas komisch geschmeckt«, sagte Koichi mit einem Lachen und stand auf. »Aber das wollte ich unbedingt mal probieren«, flüsterte er.

Ich wusste nicht, was ich darauf entgegnen sollte, daher streckte ich meine Arme nach ihm aus und drückte ihn fest an meine Brust. Ich drängte ihn, weiterzumachen.

Jetzt begann der komplizierte Teil. Es war für uns beide das erste Mal und unser Wissen war alles andere als fundiert. Bei dem Gedanken, Koichis Penis in mich aufzunehmen, verkrampfte ich mich. Wenn er jetzt in mich eindränge, könnte das schlimme Folgen haben. Ich sagte ihm zwar, dass ein kleiner Riss mir nichts ausmachen würde, doch Koichi ließ nicht mit sich reden, wenn es um mein Wohlbefinden ging.

»Wir brauchen etwas, dass es leichter macht.«

»Eine Creme? Wie die, mit der sich die Mädchen immer die Hände einreiben?«

»Ja. Ich habe ein Feuchtigkeitsgel für meine empfindliche Haut, das wir benutzen könnten.«

Wir beschlossen gemeinsam, einen Versuch zu wagen. Nur in eine Decke gewickelt verließen wir mein Zimmer, kamen damit aber so schwerfällig voran, dass Koichi laut loslachte. Auf der Treppe wären wir beinahe gestürzt. Wir hätten einzeln gehen können, doch das vermieden wir um jeden Preis. Nicht eine einzige Sekunde wollten wir voneinander getrennt sein.

Unten im Badezimmer angekommen, schauten wir auf die Inhaltsstoffe des Gels. Die Fachbegriffe darauf sagten uns nichts, aber wir gingen beide davon aus, dass es in Ordnung gehen würde, und liefen in unserer Gespensterverkleidung zurück zu meinem Zimmer. Kichernd ließen wir uns auf mein Bett fallen, um dort weiterzumachen, wo wir aufgehört hatten.

»Wie ist es?«

»Ah ... Hn ...«

Das Gel als Gleitmittel wirkte Wunder. Koichis Finger drang ohne Problem in mich ein.

»Alles okay? Tut es auch nicht weh?«

Weh tat es nicht, aber ich konnte auch nicht sagen, dass es sich gut anfühlte. Es war ein extrem merkwürdiges Gefühl, nicht zuletzt, weil ich mich dort noch nie selbst angefasst hatte. Mein Schamgefühl war riesig, aber ich versuchte, es so gut wie möglich auszublenden.

Koichi bewegte seinen Finger nur vorsichtig. Er nahm sich Zeit, während er Stück für Stück mein Inneres erforschte.

»Hn!«

»Mitsu, da hat gerade etwas gezuckt.«

»Ah, diese Stelle ...«

Ich spürte seine Berührung direkt an meinem Penis. Ich hatte eine Vermutung, welche Stelle er getroffen hatte. Wenn mein Vater nicht zu Hause war, schaute ich hin und wieder alle möglichen Begriffe am Computer nach – und der, der mir jetzt durch den Kopf ging, war einer davon. Es handelte sich dabei immer um medizinische Fachseiten, deswegen waren die Erklärungen sehr sachlich formuliert: ... *grenzt teilweise an das Rektum, weshalb sie sich über die Darmwand abtasten lässt.* Oder so ähnlich.

Ich stöhnte laut auf. Ich hätte nicht für möglich gehalten, dass sich das so gut anfühlen würde. Es tat zwar ein bisschen weh, aber das war kein Vergleich zu der Lust, die ich dadurch empfand.

»Mitsu? Tu ich dir weh? Soll ich lieber aufhören?«

»Nein, du tust mir nicht weh ... Es, ah ... Diese Stelle, ah!«

»Hä? Die hier?«

»Nein, nicht da ... Ah ... Aaah! Genau!«

Ich machte keine Anstalten mehr, mich zu verstellen, und gab mich seinen Händen hin. Ich bat ihn, mich weiter dort zu berühren. Es tat nur dann weh, wenn er fest rieb – eine sanfte Berührung fühlte sich aber wahnsinnig gut an. Als ich Koichi das sagte, schien er sich zu freuen. Er mochte, dass ich offen mit ihm sprach.

Er brachte weitere Finger ins Spiel, bis er schließlich versuchte, seinen Penis in mich hineinzuführen. Es war immer noch viel zu eng. Koichi wartete geduldig, und ich sagte mir wiederholt, dass dies kein Fremdkörper war, der in mich einzudringen versuchte, sondern Koichi. Mein über alles geliebter Koichi.

Ich weiß nicht, wie lange es dauerte, bis wir endlich vereint waren, aber auf einmal war er ganz nah bei mir. Er war in mir. Wir küssten uns und hörten gar nicht mehr damit auf. Nachdem ich mich an seinen Penis gewöhnt hatte, begann Koichi, sich sanft zu bewegen, bis er schließlich die Stelle fand, die ich ihm vorhin beschrieben hatte. Als er mit seiner harten Eichel dagegen rieb, konnte ich mein Stöhnen nicht mehr unterdrücken. Es fühlte sich so gut an, dass ich meine Verlegenheit vergaß und alle möglichen Laute von mir gab.

Koichi hielt meine Hüfte fest und bewegte seinen Unterkörper. Es war ein Rhythmus wie ein Herzschlag, den er nicht länger hatte. Seine Haut glühte, doch Schweiß vergoss er keinen. Sein heißer, geschmeidiger Körper fühlte sich herrlich an. Im Gegensatz zu Koichi war ich schweißnass. Ich umschlang seinen großen Rücken mit meinen Armen und rief wiederholt seinen Namen.

Koichi, rief ich. Und ich sagte ihm, wie sehr ich ihn liebe.

»Mitsu ... Ich halt nicht mehr lange aus ...«

Ein Tropfen viel auf mein Gesicht. Kein Schweiß, sondern eine Träne.

Hör auf zu weinen, Koichi. Das reicht. Du bist jetzt frei. Du brauchst dich nicht mehr von mir an diese Welt fesseln zu lassen.

»Sag das nicht! Ich will nicht gehen, Mitsu. Ich liebe dich doch ...«

Ja. Ich liebe dich auch. Verzeih mir, dass ich dich zurückgehalten habe. Es war bestimmt schmerzhaft, von allen vergessen zu werden. Das war meine Schuld.

Koichi, küsst du mich?

»Mitsu.«

In dem Moment begriff ich, dass es eine feste Reihenfolge geben musste. Du durftest mich zuerst vergessen, um deinen Frieden zu finden und deinen Ballast abzulegen.

Du musst deine Watte essen und in den Himmel aufsteigen. Du brauchst dir keine Sorgen zu machen, dass ich dich vergesse. Das werde ich niemals, solange ich lebe.

»Mitsu ...«

Seine Tränen tropften wie Regen auf mein Gesicht. Doch im Gegensatz zu dem Wolkenbruch damals im Sommer als wir campen gegangen waren, fühlte sich dieser Regen sanft und warm an.

Küss mich noch einmal.

Nichts fühlte sich besser an, als dich zu küssen, während wir miteinander vereint waren. Dein glühender Körper und deine warmen Tränen ließen mich spüren, dass du am Leben warst. Sollten die anderen sagen, was sie wollten. Für mich warst du lebendig. Du warst hier bei mir. Daran gab es für mich nichts zu rütteln. Diese Tatsache war in meinen Körper eingebrannt.

Komm jetzt, Koichi. Du brauchst dich wegen mir nicht mehr zurückzuhalten. Ich komme allein zurecht.

Morgens war es in unserer Küche immer eiskalt. Heute war es darin noch stiller als sonst. Als ich die Rollladen hochzog, sah ich eine verschneite Landschaft. Ich hatte nicht geglaubt, dass so viel liegen bleiben würde. Weißer Schnee bedeckte die Straßen, Dächer und Autos. Ich zog einen Pullover über meinen Pyjama und kochte Kaffee. Der Heißwasserspender war leer, also setzte ich den Wasserkessel auf. Ich wartete geduldig vor dem Gasherd darauf, dass er pfiff.

»Du bist aber früh auf. Es ist noch nicht mal sieben.«

Mein Vater war nach Hause zurückgekommen. Er trug einen schwarzen Mantel, auf seinen Schultern hatte sich Schnee gesammelt.

»Ich stehe immer um diese Zeit auf.«

»Du bist wirklich ein Frühaufsteher. Wie deine Mutter.«

Die Worte meines Vaters überraschten mich. Er sprach nicht oft von sich aus über meine Mutter. Also sagte auch ich etwas, das nicht zu mir passte. Ich fragte ihn, ob er einen Kaffee trinken wollte.

»Gern«, antwortete mein Vater und setzte sich auf einen Stuhl am Küchentisch. Ich benutzte Papierfilter, um den teuer aussehenden Kaffee aufzubrühen, den er zum Jahresende geschenkt bekommen hatte. Normalerweise war ich kein Feinschmecker, doch dieses Aroma mochte ich sehr.

Statt den edlen Kaffee pur zu genießen, gab mein Vater haufenweise Zucker hinzu. Er hatte die ganze Nacht über operiert und musste erschöpft sein.

Wir saßen uns gegenüber und tranken Kaffee. Meine Augen waren sicher rot und geschwollen, weil ich die ganze Nacht über geweint hatte. Mein Vater verlor kein Wort darüber.

»Erinnerst du dich noch an deine Mutter?«

»Was? Wie kommst du jetzt darauf? Ich erinnere mich vage an sie.«

»Das meinte ich nicht. Es geht mir um die Sache nach ihrem Tod. Sie ist dir einige Male erschienen, oder? Du hattest mir gesagt, dass sie nachts käme, um dein schlafendes Gesicht zu betrachten.«

»Das war doch bloß ...« Ein Traum. Der Geist meiner Mutter und ihr sanftes Lächeln, das sie mir zu Lebzeiten nie geschenkt hatte. »Das war ein Traum. Oder Einbildung. So was kommt doch öfter bei kleinen Kindern vor.«

»Nein«, entgegnete mir mein Vater entschieden. Sein Blick war ernst. Nichts deutete darauf hin, dass er scherzte. »Deine Mutter war über den Zustand ihrer Krankheit genau im Bilde. Sie wusste, dass sie nicht mehr lange zu leben hatte. Sie war ein intelligenter Mensch und stolz, hatte kein einziges Mal die Fassung verloren. Aber sie machte sich Sorgen, dass ihr Tod dich belasten würde. Wärst du noch etwas kleiner gewesen, hättest du ihren Tod vielleicht nicht so genau in Erinnerung behalten. Aber da du in einem sensiblen Alter warst, nahm sie nach ihrer Stationierung im Krankenhaus Abstand von dir. Sie wollte, dass du nach ihrem Tod nicht traurig wärst.«

Wieso kam er jetzt, nach all der Zeit, mit dieser Geschichte? Mein Vater soll sich absichtlich von mir distanziert haben, weil sie wusste, dass sie sterben würde? Damit ich nicht traurig sein musste?

»Ich respektierte ihren Wunsch, aber wir bemerkten beide nach einiger Zeit, dass die Entscheidung ein Fehler war.«

Natürlich war das ein Fehler. Sie hätte mir bis zu ihrem Tod all ihre Liebe schenken sollen. Wie konnte jemand, der intelligent genug war, um Arzt zu werden, das nicht begreifen? Ich war sprachlos.

»Sie begriff, dass sie dich bei sich behalten und mit Liebe hätte großziehen sollen. Doch zu dem Zeitpunkt warst du deiner Mutter gegenüber ängstlich und hingst eher an deiner Großmutter. Das Verhältnis zwischen deiner Mutter und deiner Großmutter war nicht das Beste und ... Wir wussten einfach nicht, was wir machen sollten.«

»Daran kann ich jetzt auch nichts mehr ändern.«

Ich war ängstlich gewesen, weil meine Mutter sich mir gegenüber streng verhalten hatte. Ab und zu hatte sie mir die Hand gereicht, doch ich war jedes Mal zusammengezuckt und hatte mich hinter meiner Großmutter versteckt.

»Du hast recht. Entschuldige, du trägst keine Schuld. Deine Mutter war gescheiter als ich, aber sie war stur. Das hast du wohl von ihr geerbt. Dein Gesicht ist ihrem auch so ähnlich.«

»Papa ...«

»Es war die Idee deiner Mutter, dieses Krankenhaus auszubauen und eine Geburtsstation einzurichten. Das war sozusagen ihr letzter Wille. Sie wollte, dass ich einen Ort schaffe, an dem neues Leben geboren wird. Ich war darauf versessen, ihren Traum zu erfüllen. Deswegen bist du zu kurz gekommen. Das hat mir die ganze Zeit über leidgetan ... Ich fand einfach nicht den richtigen Zeitpunkt, um mich bei dir zu entschuldigen.«

»Entschuldigen?«

»Ja. Du musst dich einsam gefühlt haben.«

»Das ist eben deine Arbeit, da kann man nichts machen. Aber ...«

Aber ich wollte es aus deinem Mund hören. Ich wollte von dir hören, dass ich dir das Wichtigste bin. Ärzte waren nun mal beschäftigt, das gehörte zum Beruf. Sie mussten sich um Kranke und Verletzte kümmern. Es machte mir nichts aus, dass wir nicht so oft etwas in unserer Freizeit unternahmen oder verreisten. Das konnte ich ertragen. Aber ich wollte von dir hören, dass ich dir wichtiger als alles andere war. Auch für meine Mutter, die mir das nicht mehr sagen konnte. Mehr wollte ich gar nicht.

Ohne diesen Zuspruch fühlte man sich als Kind unsicher.

Meine Mutter starb, meine Großmutter kurz darauf auch, und für meinen Vater hatten seine Patienten immer die oberste Priorität.

Ich stand für niemanden an erster Stelle. Niemand sagte mir, dass ich für ihn das Wichtigste sei. Koichi war der Erste.

»Was ist eigentlich mit deinem Freund, der gestern bei dir war?«, fragte mein Vater aus dem Nichts.

»Du meinst Koichi?«

»Genau. Er hat doch hier übernachtet.«

»Er ist schon nach Hause gegangen.«

»Ich wollte eigentlich seiner Mutter guten Tag sagen, aber da es noch so früh war, habe ich es gelassen. Mutter und Kind scheint es jedenfalls gut zu gehen. Ich möchte mich nur kurz hinlegen, dann werde ich wieder ins Krankenhaus gehen und schaue bei ihr vorbei.«

»Tu das. Seine Familie ist immer so nett zu mir.«

»Sie können ihn immer noch sehen, oder?«

»Was?«

Mir hatte es die Sprache verschlagen. Woher wusste er bloß davon? Hatte Doktor Kasumi es ihm erzählt? Etwas anderes war völlig ausgeschlossen.

Dachte ich zumindest.

»Bei deiner Mutter war es damals genauso«, erklärte er – und fuhr genauso unerwartet fort. »Er wirkte instabil. Seine Silhouette war halb durchsichtig und flimmerte. Aber wenn er dich anschaute, konnte ich ihn ganz klar erkennen.«

»Wieso ...«

»Ich bin mir im Klaren, dass ihr beiden eine besondere Beziehung zueinander habt. Wenn er dir eine Stütze gewesen ist, dann kann ich ihm gar nicht genug danken.«

»...«

»Deine Mutter konnten auch nur wir beide sehen.«

»Dann waren die Träume, die ich damals hatte, gar keine ...«

Das Lächeln, das sie mir im Halbschlaf zuwarf. Oder wenn sie mir mit einer Stimme so sanft wie warme Milch leise gute Nacht sagte. Oder ihre Gestalt, die mir aus den Schatten eines Baumes sachte zuwinkte, wenn ich mich zur Schule aufmachte.

»Das war weder Traum noch Einbildung. Natürlich traute ich anfangs meinen Augen nicht. Als Arzt hielt ich so etwas für unvorstellbar. Doch es war real. Deine Mutter war damals sozusagen ein lebender Leichnam. Ich konnte sie sehen, sie berühren und mit ihr sprechen. Sie war genau wie immer, nur ihr Herz schlug nicht mehr. Ich wusste mir keinen Rat, also brachte ich sie zu uns nach Hause. Im Krankenhaus gab es einen riesigen Aufruhr. Immerhin war eine Patientin, die nicht mehr lange zu leben hatte, plötzlich verschwunden. Da es sich um mein Krankenhaus handelte, konnte ich den Vorfall vertuschen, aber allein der Gedanken an damals lässt mich in kalten Schweiß ausbrechen. Trotzdem war ich glücklich.« Mein Vater schaute auf seine mittlerweile halbleer getrunkene Kaffeetasse. »Mir machte es nichts aus, dass sie eine Leiche war, solange sie nur an meiner Seite blieb.«

Auf seinem Gesicht zeichnete sich ein sanftes Lächeln ab. Es war das Lächeln einer Person, die schwere Trauer überwunden hatte und nun in Nostalgie schwelgte. Wie der Anblick des ruhigen Meeres nach einem heftigen Sturm.

Wie hast du diesen Sturm überstanden, Papa?, wollte ich ihn neidisch fragen. *Wird mir das auch gelingen?*

»Deine Mutter versteckte sich tagsüber. Sie kam nur nachts hervor, um sich dein Gesicht anzusehen.«

»Manchmal habe ich sie auch mittags gesehen.«

Mein Vater lachte und meinte, dass meine Mutter sich wohl nicht immer gedulden konnte. »Mitsuru. Du warst der größte Schatz deiner Mutter. Daran gibt es keinen Zweifel.«

Jeder Mensch begann sein Leben als Baby, als winziges, weiches, warmes Lebewesen.

»Sie bereute es, dass sie dich nicht viel öfter in den Arm genommen hatte.«

Ein Baby, kraftlos und unschuldig, das nur weinen kann.

»Sie wollte, dass du ein guter Junge wirst.«

Der unter der Obhut von anderen groß wird.

»Uh ...« Ich bekam keinen Schluck Kaffee mehr hinunter. Bei jedem Atemzug stand ich kurz davor loszuheulen.

Mama ...

Koichi.

»Ist er gegangen?«, fragte mein Vater.

Ich nickte. Als der Morgen dämmerte, war ich in Koichis Armen eingeschlafen und keine Stunde später war ich allein aufgewacht.

Sein Verschwinden war nicht überraschend gekommen. Ich hatte gewusst, dass es passieren würde. Ich hatte die Decke gestreichelt und geweint. Geheult und geschluchzt.

Es hieß, dass einem das Herz zerreißen würde, aber das hatte ich immer bloß für eine leere Phrase gehalten. Eine übertriebene Redewendung. Doch ich hatte falsch gelegen und am eigenen Leib erfahren, dass es einem vor Schmerz wortwörtlich das Herz zerreißen konnte. Beim Weinen hatte ich mir auf die Brust drücken müssen, um zu verhindern, dass mein Herz zersprang. Und trotz des Schmerzes versuchte ich nicht, Koichi zu folgen. Ich wusste nämlich, dass er nach Hause gegangen war.

»Ich verstehe. Deine Mutter … Sie konnte auch nur einige Tage hier verweilen. So scheint das wohl zu sein.« Mein Vater stand ruhig auf, trat hinter mich und wuschelte mir den Kopf.

Ich weinte erneut. Meine Trauer glich einer Flut, die nur über meine Tränen aus meinem Körper entweichen konnte. Hätte ich nicht geweint, wäre ich immer weiter angeschwollen und wie ein Luftballon zerplatzt. Die Tränen liefen über meine Wangen und mein Kinn, bis sie schließlich über meinen Hals zu meinem Pyjama gelangten, dessen Kragen sie befeuchteten.

Der Schmerz über Koichis Verlust machte mir deutlich, wie sehr er mich geliebt hatte. Doch diesen Gedanken konnte ich gerade nicht annehmen, so sehr ich es auch versuchte. Es tat so schrecklich weh. Ich wollte die ganze Welt verfluchen, so schlimm fühlte es sich an. Konnte es so etwas wirklich geben? Wie sollte ich je über den Verlust meiner Liebe hinwegkommen?

Trotzdem wollte ich nicht bereuen, ihn kennengelernt zu haben. Ich wollte nicht verleugnen, geliebt zu haben. Nicht meine Mutter, die mich auf diese Welt gebracht hatte. Und nicht Koichi, der mich mehr als alles andere geliebt hatte.

Meine Tränen nahmen kein Ende. Sie tropften sogar in den schwarzen Kaffee hinein. Salzig war der ungenießbar. Mein Vater stellte den Wasserkessel wieder auf den Herd, um mir neuen zu machen.

Im Schein der Gasflamme wirkte die Küche etwas wärmer.

Ich habe Mitsu vor zwei Jahren im Frühling kennengelernt. Keine Ahnung, wie viele neue Oberschüler es in diesem Jahr gegeben hat. Dass ich ausgerechnet Mitsu begegnete, halte ich jedenfalls für ein Wunder. Wir besuchten dieselbe Schule, gingen in dieselbe Klasse und ab und an trafen sich unsere Blicke. Das war alles extrem unwahrscheinlich. Deswegen glaube ich hundertpro, dass es ein Wunder war.

Er war mir schon vor Beginn der Eintrittszeremonie ins Auge gefallen. Mit seinem hübschen Gesicht sah er wie ein Popstar oder Model aus. Bestimmt war er total beliebt bei den Mädels. Ich betrachtete ihn ganz genau. Er hatte weiße Haut und geschmeidige Wangen, seine Haare sahen weich aus, standen hinten aber etwas ab. Hatte seine Mutter ihn nicht darauf hingewiesen? Und was er für lange Wimpern hatte. Wahnsinn.

Als ich während der Zeremonie flüchtig zu ihm hinüberschaute, starrte er grimmig zu mir zurück. Sein Gesicht konnte einem Angst machen. Sein Blick war so intensiv, dass man die Luft fast knistern hören konnte. Ich drehte mich ruckartig von ihm weg, doch sein glühender Blick hatte sich in mir eingebrannt. Ich glaube, das war der Moment, in dem ich mich in ihn verliebte.

Von dem Tag an ging er mir nicht mehr aus dem Kopf. Ich hätte nie gedacht, dass ich mich in einen Jungen verlieben würde, aber am Ende des Tages war es mir total egal. Ich hätte mich auch in ihn verliebt, wenn er ein Mädchen gewesen wäre. Wobei er als Mädchen wohl nicht der Mitsu gewesen wäre, den ich kannte.

Ich schaute ständig zu Mitsu. Meine Augen folgten ihm überall hin. Allerdings war es nicht leicht, ihn näher kennenzulernen. Mitsu war nämlich ein einsamer Wolf.

Für eine ausgetüftelte Strategie war ich nicht clever genug, daher nahm ich einfach all meinen Mut zusammen und sagte ihm, er solle zu dem schmalen Weg hinter der Bibliothek kommen, der zum Hintereingang führte. Die Kirschblüten waren fast alle von den Bäumen gefallen und bedeckten den Boden wie ein dichter, pinkfarbener Teppich. Ich fand den Anblick romantisch. Dort traute ich mich endlich, ihn zu fragen, ob wir Freunde werden könnten. Mitsu fiel aus allen Wolken. Er war unentschlossen, aber ich blieb hartnäckig.

Es dauerte ein ganzes Jahr, bis wir uns langsam annäherten. Im Frühling des zweiten Schuljahrs nahmen unsere Klassenkameraden uns schließlich als Doppelpack wahr. Wenn auch mit einiger Verwunderung, weil sich unsere Persönlichkeiten so stark unterschieden.

Der Tag, an dem Mitsu die Krabben-Wiener aus meiner Lunchbox aß, wurde für mich zu einem ganz besonderen Datum. Ich war so glücklich darüber, dass ich mich lautstark bei meiner Mutter bedankte. Sie hielt mich sicher für bescheuert.

Mitsu war nicht immer ganz einfach. Er ging stets seinen eigenen Weg, während ich versuchte, es anderen recht zu machen. Wenn er etwas nicht mochte, sagte er das geradeheraus, und wenn ihm das Reden zu anstrengend war, ließ er es sich deutlich anmerken. Dann verzog sein süßes Gesicht sich immer total angewidert. Das war vermutlich der Grund, weshalb er in der Klasse oft zum Außenseiter wurde. Das war der Punkt, in dem ich dann ins Spiel kam. Ich war quasi der Vermittler zwischen ihm und dem Rest der Klasse.

Das tat ich nicht für Mitsu, sondern für mich selbst. Ich wollte, dass die anderen den Mitsu, den ich so sehr liebte, besser kennenlernten. Sie sollten verstehen, wie toll mein Mitsu war. Ich wollte gar nicht, dass er sich änderte. Er brauchte sich nicht den anderen anzupassen – dass er das nicht tat, mochte ich ja gerade an ihm. Ich fand sein selbstsicheres Auftreten total cool. In meinen Augen war Mitsu süß und gleichzeitig cool. Ich fand ihn einfach Spitze.

Ich dagegen richtete mich immer sofort nach den Wünschen anderer, machte mir Gedanken darüber, wie sich mein Gegenüber fühlte. Das war nichts Schlechtes. Im Gegenteil, eigentlich war das sogar eine positive Eigenschaft, deswegen machte ich auch nie Anstalten, mich zu ändern.

So war ich, glaube ich, schon als Kind. Ich hatte nur meine Mutter. Wer mein Vater war, wusste ich nicht. Aufgrund unserer finanziell schwierigen Lage musste meine Mutter den ganzen Tag arbeiten. Sie hatte keine Zeit, sich um mich zu kümmern, und ich bemühte mich, meiner Mutter nicht zur Last zu fallen. Ich soll wohl ein braves Kind gewesen sein.

Ich war erst fünf, als meine Mutter verschwand, daher sind meine Erinnerungen an damals schwammig. Ich weiß nur, dass ich immer ganz leise über den Flur ging, um meine erschöpfte Mutter nicht aufzuwecken. Der Holzboden unserer Wohnung knarzte nämlich bei jedem Schritt.

Nachdem meine Mutter plötzlich verschwunden war, nahm mein Onkel mütterlicherseits mich bei sich auf. Mutter hatte sämtlichen Kontakt zu ihrer Familie abgebrochen, deswegen wusste ich nicht einmal, dass dieser Onkel existierte. Und er wusste genauso wenig, dass er einen Neffen hatte. Er war erst seit zwei Jahren verheiratet, beschloss aber trotzdem, mich großzuziehen. Hätte er das nicht getan, wäre ich in einem Kinderheim gelandet.

Ich hatte wirklich großes Glück. Mein Onkel und meine Tante behandelten mich wie ihr eigenes Kind. Sie waren liebevoll zu mir und streng, wenn nötig. Sie nahmen mich ganz oft in den Arm. Daran änderte sich auch nichts, als sie eigene Kinder bekommen hatten. Für meine kleinen Geschwister war ich ihr echter großer Bruder. Sie wussten nicht mal, dass ich eigentlich ihr Cousin war.

So verbrachte ich mein Leben als der älteste Sohn der Familie Yamada. Ich war so früh zu ihnen gekommen, dass sie sich für mich wie eine echte Familie anfühlten. Trotzdem suchte mich manchmal die Frage heim, warum meine Mutter mich zurückließ.

Wenn ich daran denke, wie alt sie damals war und in welcher Situation sie sich befand, hatte sie vermutlich keine andere Wahl. Womöglich befürchtete sie, dass sie mich misshandeln oder noch Schlimmeres mit mir anstellen würde, wenn sie länger bei mir bliebe.

Wenn ich nicht gestorben wäre, hätte ich sie als Erwachsener aufsuchen und mir ihre Geschichte anhören können. Vielleicht hätte ich ihre Beweggründe dann verstehen können.

Nein, selbst dann hätte ich ihr wohl nicht verziehen. Sie hatte mir den Rücken gekehrt. Ich war ihr egal. Dieser Schmerz war wie Eis, das nicht schmolz, viel härter und unnachgiebiger als Schnee.

Ich betrachtete Mitsus Gesicht, während er schlief. Er hatte versucht, sich wachzuhalten, aber er war zu erschöpft. Ich war überglücklich, dass es sich für ihn gut angefühlt hatte. Für mich war es auch wahnsinnig toll gewesen. Die Extrazeit, die mir geschenkt wurde, empfand ich als großes Glück. Als ich diesen Gedanken mit Mitsu teilte, hatte er mich angesehen, als hätte ich sie nicht mehr alle.

Ich beobachtete seine zarten Augenlider und die flaumigen Haare auf seinen Wangen. Könnte ich ihn doch nur ewig ansehen. Aber ich wusste, dass das nicht möglich war. Mein Herz stand still und es war extrem anstrengend, diesen Körper aufrechtzuerhalten. Es fühlte sich an, als würde ich mich, bei den Fingerspitzen beginnend, auflösen, wenn ich mich nicht stark konzentrierte. Als ich im Krankenhaus meine kleine Schwester in den Armen hielt, fühlte ich mich wie neugeboren. Ohne diese Energie hätte ich nicht bis zum Morgen durchgehalten.

Mitsu. Ich hab Angst, dich allein zurückzulassen, und einsam bin ich auch.

Du hast mir gesagt, dass du mich liebst. Dass ich deine Nummer eins bin. Bis dahin war ich das für niemanden. Nicht einmal für meinen Onkel und meine Tante, die mir so viel von ihrer Liebe schenkten. Sie hatten Nagisa und Minato, das war mir klar. Deswegen sehnte ich mich lange danach, dass irgendwann jemand in mein Leben treten und mir sagen würde, dass er mich mehr als alles andere liebte. Und wenn dieser jemand auch meine große Liebe wäre, dann käme das einem echten Wunder gleich.

Mitsu. Danke für dieses Wunder. Ich geh, während du noch schläfst. Du würdest ganz schön Probleme bekommen, wenn man hier meine Leiche fände. Außerdem muss ich zurück. Zurück an den Ort, wo ich die letzten zwölf Jahre gelebt hab. Dort ist mein Zuhause, ohne jeden Zweifel. Ich hab meiner Familie bis zum Schluss nur Ärger gemacht. Aber das werden sie mir bestimmt verzeihen. Dafür ist eine Familie doch da.

Mitsu. Die ganze Welt ist mit weißen Schnee bedeckt. Wie hübsch die Stadt heute Morgen aussieht.

Mitsu.

Ich liebe dich. Mehr als alles andere.

Es war der erste Sonntag im April. Ich fuhr mit der Bahn, und sanftes Sonnenlicht schien durch das Fenster und wärmte meinen Nacken. Es herrschte herrliches Frühlingswetter. Eine knappe Stunde döste ich vor mich hin, während die Bahn mich hin und her schaukelte. Mir war, als hätte ich etwas geträumt. Ich konnte mich nicht daran erinnern, was in dem Traum geschah. Nur, dass er mir ein warmes Gefühl gegeben hatte.

Vom Bahnhof aus waren es knapp fünfundzwanzig Minuten Fußweg bis zu meinem Ziel. Offenbar war es ein beliebter Wanderweg in dieser Gegend, denn ich sah sporadisch Familien und Rentnerpaare. Im Vergleich zum Vorjahr waren mehr Menschen unterwegs.

»Gehen Sie spazieren?«, sprach mich eine rüstige Dame um die siebzig an. Sie trug einen Bergsteigerhut, eine Windjacke und eine Wanderhose. Das Outfit stand ihr gut. Wegen ihres Mundschutzes schien sie allerdings etwas Schwierigkeiten beim Atmen zu haben.

»Ich treffe mich mit jemandem«, antwortete ich.

Ich setzte ein Lächeln auf, wusste aber nicht, ob die Dame es erkennen konnte. Der Mundschutz war nicht nur lästig, sondern erschwerte es anderen auch, den Gesichtsausdruck einer Person zu erkennen.

»Wo wartet denn Ihr Freund?«

Ich nannte ihr den Namen des Tempels. Als sie ihn hörte, war sie kurz verwirrt, lächelte aber Sekunden später wieder.

»Ach, wirklich? Dort ruht mein Mann. Die Kirschbäume auf der Südseite sind schon in voller Blüte. Dein Freund genießt sicher gerade den herrlichen Anblick.«

Ich nickte. Wobei Koichi wahrscheinlich nur wenig Interesse an den Kirschblüten gehabt hätte. Oder? Immerhin hatte er mich damals unter Kirschbäumen gefragt, ob wir Freunden werden wollen. Die Blüten waren zwar bereits von den Bäumen gefallen, aber der rosa Boden hatte ein schönes Bild abgegeben.

Ich verabschiedete mich von der Dame. Wir gingen beide unserer Wege.

Vor mir lag ein leichter Anstieg. Das Grün und das zarte Pink des Tempelgeländes rückten langsam in mein Blickfeld. Ich beschleunigte meinen Schritt. Je näher ich kam, desto intensiver wurde das Rosa der Kirschblüten. In diesem Jahr war die Blütezeit etwas früher als sonst, deswegen standen die Bäume fast in voller Blüte. Im Stadtzentrum war das Rosa bereits verblüht.

»Oh, da ist Mitsu!«

Ikumi stand vor dem Tor und winkte mir zu. Ihr Lächeln war so breit, dass man es selbst unter einem Mundschutz erkennen konnte.

Ich erinnere mich nicht mehr daran, wann sie damit anfing, mich Mitsu zu nennen. Jedenfalls nannte sie mich immer noch so. Neben ihr konnte ich Sumiko erkennen.

»Ihr seid früh dran.«

»Wir haben direkt den Anschluss erwischt. Mensch, Mitsu, zwei Jahre haben wir uns jetzt nicht gesehen.«

»Eigentlich wollte ich euch auch letztes Jahr einladen, aber da war Selbstisolation angesagt. Läuft's bei dir gut, Sumiko?«

Meine ehemalige und nach wie vor stille Klassenkameradin bestätigte meine Frage mit einem »Ja« durch ihren schwarzen Mundschutz hindurch.

»Dir scheint es auch gut zu gehen. Ich hatte mir schon Sorgen gemacht. Ihr Ärzte habt doch aktuell so viel Arbeit.«

»Stimmt. Wir haben viele Patienten aufgenommen, weswegen wir zeitweise etwas rotieren mussten. Mein Vater ist auch nicht mehr der Jüngste. Haruka hatte schon Angst um ihn, weil er sich ziemlich überlastet hat.«

Haruka hieß früher Kasumi mit Nachnamen. Sie hatte sich von ihrem Mann scheiden lassen, als ich zur Universität gegangen war. Sie und mein Vater hatten allerdings erst nach meiner Praktikumszeit als Arzt geheiratet. Weil er hatte warten wollen, bis ich auf eigenen Beinen stünde, so seine Begründung. Ich hatte das erst im Nachhinein erfahren und ein schlechtes Gewissen bekommen. Er hätte nicht auf mich Rücksicht nehmen müssen. Und sowieso würde ich auch jetzt nicht behaupten, dass ich auf eigenen Beinen stand. Das wurde mir schmerzlich bewusst, als es neulich im Krankenhaus etwas chaotisch zuging. Für einige kam jede Hilfe zu spät. Ich werde die Gesichter der Patienten niemals vergessen, die verstarben, bevor sie ihre Familien sehen konnten.

Große Unsicherheit und Traurigkeit breiteten sich auf der Welt aus. Doch das Leben ging weiter.

»Hey, Mitsuru, da bist du ja! Ich habe schon Räucherkerzen gekauft.«

Es war der Klassensprecher, der vom Verwaltungsgebäude des Tempels her auf uns zukam. Er erschien jedes Jahr im Anzug, passend zu seiner ernsten Persönlichkeit. Ich war dagegen mit meinen Jeans eher locker gekleidet.

Wir gingen zu viert zum Grab und falteten dort die Hände zum Gebet. Ich war bereits im Februar hier gewesen, an seinem Todestag. Damals war ich natürlich mit der Familie Yamada am Grab gewesen. Und zwei Monate darauf trafen wir, seine alten Schulkameraden, uns zu viert zu unserem jährlichen Grabbesuch.

Der Wind brachte die Kirschblüten zum Tanzen.

»Wie hübsch. Ist das noch ein Grabbesuch oder sind wir gekommen, um uns die Blüten anzuschauen?«, lachte Ikumi.

Sie hatte zwei Töchter. Die ältere sollte im nächsten Frühling in die Mittelschule kommen. Das Alter der Kinder unserer Freunde ließ uns spüren, wie viel Zeit vergangen war.

»Ach, Koichi würde das sicher nichts ausmachen. Er schaut sich die Kirschblüten bestimmt gerade mit uns an«, sagte der Klassensprecher und schaute dabei zu den Bäumen auf.

Mittlerweile war er nicht mehr Klassensprecher, sondern Beamter. Er hatte geheiratet und manchmal brachte er seine Partnerin zu unseren Treffen mit. Sicher wollte er vor Koichi damit angeben, was für eine tolle Frau er gefunden hatte. Kinder hatten sie keine, dafür verwöhnten sie ihre drei Katzen nach Strich und Faden.

»Letztens hab ich ganz zufällig jemanden aus unserer Klasse getroffen. Die Managerin des Basketball-Clubs, Chika. Am Anfang hab ich sie mit dem Mundschutz gar nicht erkannt. Wir haben einen Kaffee getrunken, über damals gequatscht. Über Koichi auch – sein Tod kommt ihr immer noch wundersam vor.«

»Das glaube ich. Die Medien haben damals ja auch ganz schönen Lärm gemacht. Erinnert ihr euch, wie die vom Fernsehen den Klassensprecher und mich interviewen wollten? Wir sind einfach abgehauen.«

»Das war echt ein riesiger Aufruhr. Ich meine, er wurde mit Bein- und Genickbruch tot in seinem Bett gefunden. Natürlich vermutet man da ein Verbrechen. Ich weiß noch, wie sauer Ikumi war, dass die Medien uns nicht in Ruhe gelassen haben.«

»Stimmt, aber Mitsu war noch viel wütender als ich.«

»Ja ... Er hat nie was gesagt, aber bei seinem Blick ist einem das Blut in den Adern gefroren ...«

Ich konnte nur mit einem gequälten Lächeln reagieren. Wenn sogar Sumiko das sagte.

Sie arbeitete mittlerweile als Priesterin in ihrer Familie. Sumiko stand im Priesteramt eine Stufe unter dem Rang ihres Vaters, hatte einen roten Stempel designt, wie man sie an Schreinen und Tempeln sammeln konnte, und damit online anscheinend so viel Aufmerksamkeit bekommen, dass die Zahl der Schreinbesucher gestiegen war.

Die Zeit war vergangen und wir waren erwachsen geworden. Koichi war der Einzige in unserer Gruppe, der für immer siebzehn bleiben würde. Für immer in seiner Schuluniform.

»Koichi. Ein neuer Virus hält die Welt in Atem. Pass bitte auf, dass wir alle unversehrt bleiben ...«, sagte Ikumi in ernstem Ton und faltete erneut ihre Hände zum Gebet.

Wir taten es ihr gleich und beteten. Wobei unsere Bitte vielleicht etwas zu groß für Koichi war. Was konnte er schon gegen einen neuen Virus ausrichten?

Wir Lebenden werden uns darum kümmern. Also wach du bitte über uns, sagte ich in Gedanken zu ihm.

Wie viele Jahre hatten vergehen müssen, bis ich in Frieden vor seinem Grab stehen konnte?! Meine Erinnerungen an die ersten Jahre nach seinem Tod waren schwammig. Bei der Beerdigung hatte mich mein Vater begleitet, ohne dessen Halt ich wahrscheinlich nicht hätte aufrecht stehen können. Während meiner restlichen Schulzeit und selbst in meinem neuen Leben an der Universität war der Verlust immer noch zu groß gewesen. Ich hatte immer nach Koichi Ausschau gehalten, egal ob im Seminarraum, in der Stadt oder in Menschenmengen. Selbst im Sommerregen und im Winter, wenn es schneite, hatte ich nicht aufgeben können. Es war kaum auszuhalten gewesen, so sehr hatte ich ihn sehen wollen.

Niemals hätte ich geglaubt, dass dieser Schmerz irgendwann einmal nachlassen würde. Tatsächlich war er auch nie verschwunden, sondern hatte seine Form geändert. Wie spitze Steine, die von den Wellen glatt geschliffen werden, verlor mein Schmerz allmählich seine scharfen Kanten. Als Koichis jüngste Schwester, Hiro, in die Grundschule kam, fühlte ich mich endlich bereit, über damals zu sprechen. Ich hatte ihr erzählen wollen, was für ein lieber, toller Mensch ihr ältester Bruder war.

»Ich bringe den Holzeimer zurück.«

»Ich komm mit. Ich muss kurz zur Toilette.«

Der Klassensprecher und Ikumi gingen den leicht abfallenden Weg entlang der Grabsteine hinab. Für die beiden war Koichi ein Klassenkamerad, der plötzlich verstorben war. An die Zeit, die Koichi als lebende Leiche verbracht hatte, erinnerten sie sich nicht mehr. Für unsere anderen Klassenkameraden galt dasselbe. Außer Sumiko und mir erinnerte sich niemand an diese sonderbaren Tage. Wobei ich mich nie direkt bei Sumiko vergewissert hatte. Mein Gefühl sagte mir, dass sie sich erinnerte.

»Ich habe letztens einen Brief von jemandem bekommen, dessen Name alte Erinnerungen weckte.«

Sumiko warf mir einen fragenden Blick zu.

»Von Herrn Tamaki.«

Herr Tamaki lebte zurzeit mit seinem Partner in den Vereinigten Staaten. Er war mit einem Amerikaner zusammen, nicht mit Herr Ogawa. Der hatte die Schule gewechselt, nachdem er sich von dem Vorfall damals erholt hatte und vor ein paar Jahren auf unserem Klassentreffen vorbeigeschaut. Sein sanftes Lächeln war heute noch genau wie damals.

»Herr Tamaki erzählte, dass bei ihm zu Hause nichts zu tun ist und er sich die Zeit damit vertreibt, seine Fotos zu sortieren.«

Anscheinend war er dabei auf alte Fotos aus seiner Zeit als Lehrer gestoßen. Einige waren während des Biologieunterrichts entstanden – auf den Fotos war auch Koichi zu sehen. Ich nahm an, dass sich Herr Tamaki ebenso wenig an Koichis Zeit als lebende Leiche erinnerte. Aber vielleicht hatten die Fotos trotzdem irgendetwas in ihm wachgerufen.

»Bei einem Foto musste ich lachen. Da saß Koichi vor einem Mikroskop und guckte völlig verschlafen.«

»Das kann ich mir genau vorstellen. Ziemlich erstaunlich, dass er deine Adresse herausfinden konnte. Moment, er hat sicher deinen Namen im Internet gesucht und ist dabei auf die Website eures Krankenhauses gestoßen.«

»Ganz genau. Sein Brief war an unser Krankenhaus adressiert.«

Koichis Worte an Herrn Tamaki waren mir wieder eingefallen, als ich die Fotos sah. Ob nicht zwei Personen gleichzeitig an erster Stelle stehen könnten. Damals war es mir absurd erschienen, doch mittlerweile verstand ich sie. Koichi hatte sich Sorgen darüber gemacht, was mit mir nach seinem Tod passieren würde. Er hatte nicht gewollt, dass ich ihn vergesse. Aber wenn ich aus diesem Grund nie wieder jemanden lieben konnte, hätte ihm das noch viel mehr wehgetan. Trotzdem hatte ihn der Gedanke quälen müssen, dass eine andere Person an seine Stelle treten könnte. Für ihn musste der Gedanke leichter zu verdauen gewesen sein, dass zwei sich den ersten Platz teilen können.

Mitsu. Ich will, dass du jemandem findest, den du genauso liebst wie mich.

War das wirklich dein Wunsch? Passen würde das jedenfalls zu dir.

Auf den Grabstein aus Granit fielen sanft die Kirschblüten. Sumiko schaute zu den Bäumen hinauf, und ich tat es ihr gleich. Die Frühlingssonne quoll zwischen den Ästen hervor. Die Kirschbäume, die Koichis Grab zierten, hatten ihre Blütezeit hinter sich und mit jedem Windstoß fielen Blüten in großen Mengen herab. Ihr weißliches Rosa erinnerte mich an den Schnee in jener Nacht. Die Nacht, in der Hiro zur Welt kam. Jene Nacht im Winter, die Koichi an meiner Seite verbrachte.

Ich erinnerte mich daran, wie leise der Schnee fiel und wie Koichis Tränen auf mein Gesicht tropften. Und an die bittere Kälte des darauffolgenden Morgens, als ich wieder allein war ...

Und jetzt war Frühling. Ich nahm meinen Mundschutz ab, um die Sonnenstrahlen auf meinen Wangen zu fühlen. Ich hatte sowieso vor, Koichi mein Gesicht zu zeigen. Obwohl ich schon siebenunddreißig war, sagten ab und zu immer noch Leute »Sie sehen süß aus, Herr Doktor« zu mir. Meistens Mittelschülerinnen, die ich in unserem Krankenhaus behandelte.

»Oh ...«

Auf einmal kam ein starker Wind auf. Blüten tanzten um mich herum ... Als wollte er mir sagen: *Du bist immer noch total süß, Mitsu.*

Eine einzelne Kirschblüte streifte meine Lippen und mir entwischte ein Lachen. Sumiko war so lieb und tat, als hätte sie nichts gesehen.

Koichi. Ich muss dich leider enttäuschen. Bis jetzt ist noch niemand in mein Leben getreten, der den ersten Platz mit dir teilen könnte.

Ich liebe dich noch immer. Mehr als alles andere auf der Welt.

Eternal
YESTERDAY

Eternal
YESTERDAY

Eternal YESTERDAY

Eternal
YESTERDAY

HAYABUSA

Carlsen Verlag GmbH · Hamburg 2024

Aus dem Japanischen von Jan Lukas Kuhn

EIEN NO KINO ©Yuuri Eda 2022 First published in Japan in 2022 by KADO-
KAWA CORPORATION, Tokyo. German translation rights arranged with KA-
DOKAWA CORPORATION, Tokyo through TOHAN CORPORATION, Tokyo.

Cover Illustration by Yoko Tanji

First published in Japan in 2022 by KADOKAWA Publishing Co., Ltd.

All rights reserved

Redaktion: Cordelia Suzuki

Textbearbeitung: Anne Pätzold

Herstellung: Maria Niemann

Covergestaltung: Sonnenfisch Production – Laura Bartels

Satz: Pinkuin Satz und Datentechnik, Berlin

Alle deutschen Rechte vorbehalten

Wir behalten uns die Nutzung unserer Inhalte für Text und Data Mining im
Sinne von §44b UrhG ausdrücklich vor.

ISBN: 978-3-551-62150-4

FOLLOW THE FALCON

www.hayabusa-manga.de

www.carlsen.de

 hayabusa_manga

 HayabusaTweets

FSC
www.fsc.org

MIX
Papier | Fördert
gute Waldnutzung
FSC® C083411

Wir produzieren nachhaltig

· Klimaneutrales Produkt
· Papiere aus nachhaltigen und kontrollierten Quellen
· Hergestellt in Deutschland